林住期《りんじゅうき》

五木寛之

幻冬舎

林住期

古代インドでは、

人生を四つの時期に分けて考えたという。

「学生期《がくしょうき》」、「家住期《かじゅうき》」、そして、「林住期《りんじゅうき》」と「遊行期《ゆぎょうき》」。

「林住期《りんじゅうき》」とは、社会人としての務《つと》めを終えたあと、

すべての人が迎える、もっとも輝かしい

「第三の人生」のことである。

目次

人生の黄金期《おうごんき》を求めて

「林住期《りんじゅうき》」とはどういうものか

人の一生は、じつに変化にとんでいる。

山あり、谷あり、古い映画ではないが、まさに『喜びも悲しみも幾歳月《いくとしつき》』という感じである。

その一生のなかで、一体、どの時期が人の絶頂期《クライマックス》といえるのだろうか。人生の黄金《おうごん》期《き》、収穫期《ハーベストタイム》とは、はたして何歳から何歳までくらいの時代をさすのだろうか。

六十歳を還暦《かんれき》という。数《かぞ》え歳《どし》六十一歳で、ふたたび生まれた年の干支《えと》にもどるという意味らしい。

七十歳は古希《こき》である。

「人生七十古来稀《こらいまれ》」

という中国唐代《とうだい》の詩人、杜甫《とほ》の詩による。かつて七十歳を迎えて長生きするということは「希《まれ》」なこととされた。いわゆる「人生五十年」といわれた時代である。

いま考えてみると、むかしの人は驚くほど短命だった。昭和二十年（一九四五年）、敗戦当時の日本人の平均寿命《じゅみょう》は四十九・八歳である。なんと人生五十年にもみたないのだ。

平成十七年現在、これが男性七十八・五三歳、女性八十五・四九歳となっている。それだけではない。現在、百歳以上の高齢者はなんと二万八千人以上に達するというのだ（平成十八年九月十五日朝日新聞記事より）。さらにこの一年間で五千人以上の増加が予想されているそうだから、「人生百年」の時代は空想ではない。すでに目の前に迫《せま》ってきていると考えてもいいだろう。

季節の移り変わりは、春・夏・秋・冬であらわす。方角は、東・西・南・北に分ける。ものごとの進み具合《ぐあい》を、起《き》・承《しょう》・転《てん》・結《けつ》という。四分法《しぶんほう》というのは、いかにも自《し》然《ぜん》な区切りである。

そのように、人生をかりに百年と考えてこれを四つに分けてみると、まず第一期にあたるのが、生まれてからの二十五年間だ。

さらにそのあと二十五年生きて五十歳。ここまでを前半生と考えていい。それに続く二十五年が第三期となる。五十歳から七十五歳までの時期だ。そこから最後の二十五年が始まる。計、百年。

百年生きる、などと大袈裟《おおげさ》に考えなくてもよい。まあ、八十五年の人生と覚悟するあたりが現実的だろう。そうすると、最後の第四期は、およそ十五年プラスとでも受けとめておこうか。その時期は、各人各様《かくじんかくよう》、長くも短くも自由である。

古代インドでは「四住期《しじゅうき》」という考えかたがうまれ、そして人びとのあいだに広がった。紀元前二世紀から、紀元後二世紀あたりのことであるとされている。

これは人生を四つの時期に区切って、それぞれの生きかたを示唆《しさ》する興味《きょうみ》ぶかい思想だ。最近では日本でもよく知られるようになってきた。

「学生期《がくしょうき》」
「家住期《かじゅうき》」
「林住期《りんじゅうき》」
「遊行期《ゆぎょうき》」

という四つが、それである。

「学生期」を「青春《せいしゅん》」。

「家住期」を「朱夏《しゅか》」。

「林住期」を「白秋《はくしゅう》」。

そして「遊行期」に「玄冬《げんとう》」をあてて考えてもいいだろう。

それぞれを、「青年」「壮年」「初老」「老年」と転訳《てんやく》してみると、なんとなくわびしい。前半の青《せい》・壮年期《そうねん》が現役《げんえき》で、後半は余計《よけい》なオマケのように感じられるのだ。

とりあえず「学生期」と「家住期」を、人生の前半と考える。今ならほぼ五十歳までがその時期にあたるのだろうか。

そして、「林住期《りんじゅうき》」と「遊行期《ゆぎょうき》」が後半である。

その人生の後半に、いま私は注目する。人生のクライマックスは、じつはこの後半、ことに五十歳から七十五歳までの「林住期」にあるのではないか、と最近つくづく思うようになってきたからである。

「学生期《がくしょうき》」はいわば青少年時代だ。心身《しんしん》をきたえ、学習し、体験をつむ。そして「家《か》住期《じゅうき》」は社会人の時期である。就職し、結婚し、家庭をつくり、子供を育てる。

これまでの人生で黄金期といえば、その前半の青・壮年時代がすべてのように考えられてきたのではなかったか。五十歳に達すれば、人はおのずと自分の限界がみえてくる。体力の衰《おとろ》えも感じられる。若者たちからは旧世代あつかいされ、家庭でも組織のなかでも必ずしも居心地《いごこち》はよくない。

功《こう》なり名《な》とげた世の成功者たちは、ほとんどその年齢までには世に出てしまっているようだ。自分にこれからなにができるのか。五十歳というのは、じつにむずかしい時期ではある。

サラリーマンであれば、ほぼ六十歳が定年だろう。関連企業に天下《あまくだ》ったとしても、しょせんは期限つきの窓際族《まどぎわぞく》である。その先の終点は、すぐそこにみえている。

それがみえていない人は、幸せなのだろうか。いや。必ずしもそうではあるまい。吉田兼好《よしだけんこう》は、「死は前よりしもきたらず」と言った。死は前方から徐々《じょじょ》に近づいてくるのではない。「かねてうしろに迫《せま》れり」。すなわち背後からポンと肩を叩《たた》かれて、愕《がく》然《ぜん》とするのが人間であると彼はいう。

五十歳をはっきりひとつの区切りとして受けとめる必要がある、と私は思う。そして、そこから始まる二十五年、すなわち「林住期《りんじゅうき》」をこそ、真の人生のクライマックスと考えたいのだ。

五十歳から七十五歳までの二十五年。

その季節のためにこそ、それまでの五十年があったのだと考えよう。考えるだけではない。その「林住期」を、自分の人生の黄金期として開花させることを若いうちから計画し、夢み、実現することが大事なのだ。

スポーツもそうだが、後半のゲームをどうつくるかにすべてはかかっている。

暮らしのためでなく働くこと

「林住期《りんじゅうき》」という言葉の、字体や音から受けるイメージは、必ずしも輝きにみちているとはいえない。

「リンジュウ期」と読んで、ふと「臨終期《りんじゅうき》」を連想する人もいるだろう。しかし、ここでいう「林《はやし》」というのは、必ずしも山野《さんや》とは限らない。

鴨長明《かものちょうめい》は五十歳を過ぎて京の町を離《はな》れ、自然のなかに独《ひと》り住んだが、彼がそこに求めたのは俗世間《ぞくせけん》の掟《おきて》にしばられない精神の自由であった。

幼年期の思い出も貴重《きちょう》である。少年時代、青年時代の遍歴《へんれき》も、終生忘れることのできない輝きにみちている。社会人となってからの二十五年間は、まさに生涯《しょうがい》のピークのように感じられるかもしれない。

それに対して後半にあたる「林住期」は、枯《か》れたセイタカアワダチソウのように、老いと死へむけて徐々に坂を下っていくイメージでとらえられてきた。そして「遊行期」は、フィナーレのさびしい余韻《よいん》を思わせるものだった。

しかし、人間はなんのために働くのか。それは生きるためである。そして生きるために働くとすれば、生きることが目的で、働くことは手段ではないのか。いま私たちは、そこが逆になっているのではないかと感じることがある。

働くことが目的になっていて、よりよく生きてはいないと、ふと感じることがあるのだ。人間本来の生きかたとはなにか。そのことを考える余裕《よゆう》さえなしに必死で働いている。

乱暴な言いかただが、私は、現代に生きる人びとは五十歳で、いったんリタイアしてはどうかと思うのだ。実際には六十歳、それ以上まで働くこともあるだろう。しかし、心は、五十歳でひと区切りつけていいのではあるまいか。

そのためには、二十五歳から五十歳までの「家住期」を必死で働かねばならない。女性であれば五十歳で家庭から、夫から、子供たちから自立することを、早くから思い描くことが大事なのだ。夫にも、子供にも頼らず、どう生きていくか。それは各人の算段である。

五十歳になったら、今の仕事から離れる計画をたてる。そのまま死ぬまで現在の仕事を続けたければ、それもいい。好きな仕事をして生涯を終えることができたら、それはたしかに幸せな人生である。

しかし、やはりひと区切りつけることを考えたい。その区切りとは、できることなら五十歳から七十五歳までの「林住期」を、生活のためでなく生きることである。

そんなことができるわけはないじゃないか、と苦笑《くしょう》されて当然だ。世の中には、自分や自分の家族たちを支えるためだけでなく、両親や近親者《きんしんしゃ》の面倒《めんどう》をみなければならない立場の人も少なくないだろう。

また、病気ということもある。老後の不安もある。格差社会というプレッシャーのなかで、五十歳からの二十五年を生き抜くことは、それだけでも至難《しなん》のわざと言っていい。

そのすべてを承知した上で、あえて私は「林住期《りんじゅうき》」を人生のオマケにはしたくないと考える。どうすればそれが可能だろうか。

ここには魔法の絨毯《じゅうたん》などはない。発想を変えるだけで世界が変わる、などという提《てい》言《げん》もない。地味《じみ》で、つつましい日常の努力のつみかさねが重要なのだ。

そして大事なことは、人は努力しても必ずそれが酬《むく》われるとは限らない、と覚悟することだろう。寿命《じゅみょう》には天命《てんめい》ということがある。どんなに養生《ようじょう》につとめても、天寿《てんじゅ》というものを変えることはできない。人生は矛盾《むじゅん》にみちている。不条理《ふじょうり》なことが無数にある。

すべてに対して愛を惜しみなくそそいだ人が、なんともいえない不幸にみまわれることもある。

悪が栄《さか》えて、正義が敗《やぶ》れることもある。それを「苦《く》」というのであって、「苦」とは、生きることは辛《つら》いことだという歎《なげ》きの悲鳴ではない。

「苦」の世界のなかで、「歓《よろこ》び」を求める。真の「生き甲斐《がい》」をさがす。それを「林住期」の意味だと考える。そのための準備が大切なのだ。

なによりも、五十歳からの二十五年間こそ人生のもっとも豊かな時期になりうるという可能性を想像することである。実際に社会から身をひく六十歳を、人生の「臨終《りんじゅう》期《き》」のように考えることをやめよう。

現代人の「林住期」は、五十歳から始まるのだ。そして私たちは七十五歳まではそのなかに生きる。気力と体力があれば、さらに「林住期」を十年延長してもよい。「林住期」を人生の黄金期と決意することから、新しい日々が始まるのだと私は今つよく思う。そのことについて書いてみよう。

「林住期」をどう生きるか

燃えながら枯れていくエネルギー

私の仕事場の壁に、一枚の絵がかかっている。縦長の、かなり大きなリトグラフだ。全体にベージュがかった色調で、立ち枯れたような一本のひまわりが描かれている。黒く、強い線で彫りこまれたような花の姿である。その線はナイフで描《か》いたように硬く鋭《するど》い。

葉も、花弁も痩《や》せた指を握りしめたような感じでちぢこまり、茎《くき》も肉のそげた骨を思わせる暗い絵である。

しかし、じっと見ていると、花芯《かしん》にそえられた淡い金色のあたりから、静かにわきあがってくる不思議なエネルギーが感じられてくる。枯れたひまわりの内部から、存在するもののいのちが静かに起《た》ちあがってくる熱い気配《けはい》があるのだ。

夏の盛りの日ざしは、もうない。冬の広野に風に吹かれて揺れている枯れたひまわりに、どうしてこのような生命の拍動《はくどう》が感じられるのだろうか。

この絵を描いたのは、個人的な話で恐縮だが、私のつれあいである。彼女は医師をやめ、五十歳からまったく独力で画家への道を生き始めた、まさに林住期《りんじゅうき》の人だ。

その絵を見ながら、ふと思うことがある。生命は育ち、花開くときだけでなく、衰《おとろ》え、枯れていくさなかにも、限りなく強いエネルギーを放《はな》ちつつ大地に還《かえ》るのだ、と。

人は生まれてくるためにもエネルギーが必要だが、死んでいくためにはさらなる生命力が必要なのだと。ひまわりは燃《も》えながら枯れていくのである。

「落地生根《らくちせいこん》　落葉帰根《らくようきこん》」と中国ではいう。

人間もそうだ。年をとる、ということは、自然なことだが、それは大変なことなのだ。老いることにも、死ぬことにも、育つことの倍のエネルギーが必要なのかもしれない。

五十歳から七十五歳までの二十五年間は、どんなに無為《むい》に楽《らく》をして暮らしたとしても、やはり困難な時期である。そこをどう乗り切るか。

病気を避け、心を枯らさずに生きるだけでもひと苦労である。

そこにさらに生活苦までもかさなってくれば、ああ、もう、なんとかしてくれぇ、と叫びたくなるだろう。

以前、ある高名なキリスト者の伝記を読んでいて、ふと心を衝《つ》かれた部分があった。その宗教家は、生涯をかけて信仰《しんこう》に生き、多くの人びとのために全身全霊《ぜんしんぜんれい》をあげてつくした人物である。

その人が死の直前につぶやいたという、こんな短い言葉をどうしても忘れることができない。

「ああ、自分の一生は最後までこうして、雑事《ざつじ》に追われて終わるのか」

その人の雑事とは、私たちの日常の瑣事《さじ》とはまったくちがうものだろう。しかし、それにしても、すべての人は生涯をなすべきことをなすことなく、雑事に追われて終えるのである。

人が本来なすべきこと

人が本来なすべきこととはなにか。

そもそもこの自分は、生きてなにをなそうと心に願っていたのだろうか。私たちの日常は、そういう自己への問いかけすらなすいとまもなく、雑事に追われて過ぎていく。

自分が本当にやりたいと思うのはなにか。以前から、やりたいとひそかに願っていたことは？

そういう問いかけは、追われながら走りつづけている日常からは、うまれてはこない。「林住期《りんじゅうき》」にさしかかった人間にできることの一つは、そういった生活の足《た》しにはならないようなことを本気で自分に問い返してみるということだ。本来の自分をみつめる、とは、そういうことだろう。

そのためには、やはり居場所《いばしょ》を変える、というのもひとつの方法である。会社という居場所。家庭という居場所。人間関係という居場所。職業という居場所。親子の関係というのは、むずかしい。むずかしいが、できれば良き先輩後輩の関係をめざして努力するしかない。

夫婦というのは、さらにむずかしい。だが、生涯、恋人同士というよりも、ほかに二つとない友情を育てていくことが好《この》ましいのではないか。

よく男女間の友情は成立するか、などという青くさい議論がおこる。しかし、夫婦というのは、それが成立するまれな場であると私は思う。

「林住期」に達した夫が、しばらく家を出たい、と言い出すとする。二人のあいだに真の友情が成立していれば、妻はそれに反対しないだろう。

生活の保障は、当然、家を離れる側の義務である。逆に妻が家を離れたい、と言い出す場合も考えられないではない。むしろ今後はそちらのほうが多いかもしれない。

いずれにせよ、「林住期」になにかをやろうと思えば、貯《たくわ》えが必要だ。「家住期」とは、せっせとそのために貯金をする時期である。しかし、今の世の中では、生活することで手一杯《ていっぱい》という場合も少なくないと思われる。そういう場合は、「心の出家《しゅっけ》」を覚悟しなければならない。「出家」とは、俗世間《ぞくせけん》を捨てることだ。新聞はよそで読む。テレビは見ない。図書館に行けば本はいくらでも読める。呼吸法やヨーガも、独学でやるぶんには一円もかからない。

それでは生きている楽しみがない、などと悲観してはいけない。世の中、楽しみなどというものは、その気になれば無限にあるものだ。

私は若いころ、とんでもなく自動車が好きだった。もちろん、食うにも困るアルバイト学生時代である。当時は池上《いけがみ》線の沿線の小屋のようなアパートに住んでいたが、ひまさえあれば近くの国道に走る車を見に出かけた。道路ばたにしゃがんで、疾走《しっそう》する自動車をひたすら眺《なが》めるだけである。

当時は外車はめずらしかったので、MGのスポーツカーとか、ジャガーのEタイプを見かけると、それだけで心が躍《おど》ったものだった。

その気になれば、川原《かわら》で石ころを拾って一日中すごすことだって楽しい。私は何十年も前から、九州から北海道までのセイタカアワダチソウの写真をとってきた。もし、なにもすることがなければ、それを整理するだけでも残りの人生は足《た》りないぐらいだろう。

金をかけずに優雅に生きていく、というのは、もし自分ひとりの生活ならば、愉快《ゆかい》な実《みの》りある趣味というべきではあるまいか。

人がジャンプするとき

これまでとちがった生きかたを試《こころ》みるための「林住期《りんじゅうき》」は、普通《ふつう》に考えると「人生の再出発」といったイメージでとらえられがちだった。

だが、それはちがう。「林住期」とは過去を清算して出直すことでは断じてない。

リセット（re-set）という言葉は、とても味のある表現である。それは一般には、セットされたものを、新たにセットし直すことをいうが、植物を他の場所に植えかえることもリセットだし、活字を組み直すのも、試験問題を新しく作り直すこともリセットである。

そのほかヘアサロンで乱れた髪を直すのもリセット、折れた骨を元どおりに直すのもそうだ。リセットが興味《きょうみ》ぶかいのは、刃物などを研《と》いで、切れ味をとりもどすことにもリセットという表現を用いることだ。

「研《と》ぎ直す」。自分の人生を研ぎ直す。これは悪くない。イメージに鋭《するど》さと新鮮さがあっていい。

だが、刃物を研ぐのは、刃が切れ味を失って鈍化しているときである。錆《さ》びて使いものにならなくなった場合も、リセット（研ぐ）する必要がある。

ｒｅ《リ》という言葉のつく表現は、無数にある。リフォームとは、前のデザインや暮らしのスタイルを変えることだ。それまでの様式に飽き、マンネリが感じられるからこそ、リフォームにとりかかるのだろう。

おもしろいのは、リビルド（re-build）という表現だ。これは要するに建て直しである。失った希望や自信などを、ふたたびとりもどすときもいう。ビルの改築、再建はリビルドであり、世の中の仕組みを改造する場合にも使う。レボリューション（革命）ほど過激ではないが、いずれにせよ、以前の建物は無用のものとなり、廃材として処理されることが多い。

リフレッシュはどうか。気持ちを一新するということは、それまでのだらけきった気分を洗濯して、活気をとりもどすことだ。

では、レボリューションではどうか。生活に革命をおこすのだ。だが、私はこれもちがうと思う。「林住期」は人生の革命ではない。

なぜか。ｒｅとつくものは以前のもの、それまで「学生期《がくしょうき》」「家住期《かじゅうき》」をつうじて作りあげてきたもの、積みあげてきたもの、用意し準備してきたものを、古くなったもの、役に立たなくなったものとして、否定する発想があるからである。

数字をリセットする場合、いったん０《ゼロ》にもどす。前のものは破棄《はき》しなければならない。

前の建築様式を一部残して近代的なビルにリビルドする例も多い。しかし、それはノスタルジーから、古いデザインをアクセサリーとして利用しただけのことだ。

私は現在もなお、ゴミの山に埋もれて日々をすごしている。いつも思うのだが、火事にあっても人は生きる。『頭のいい整理術』とか『「超」整理法』とかいった本を何冊も買ったものの、結局、かえってモノがふえただけだった。

私の林住期は、まず身のまわりのモノを捨てることからスタートすべきだったと、ため息をつきながら反省している。いろんなものが体にぶらさがっていたのでは、人生のジャンプどころではないだろう。肥大《ひだい》した人間関係、あふれ返るモノ、それから解放されることが第一歩だ。いただいた名刺は、申し訳ないが処分する。年賀状などは書かない。

そういった孤独化のなかから、また新しい人間関係が生まれてくることもあるだろう。それはそれで、淡々《たんたん》と大切にすればいい。仲間と一緒にいても、心は常に孤独な犀《さい》のごとく歩め、という気持ちだけはなくさないようにしたいものである。

人は孤独には弱いという。一人で生きることができないのが、人間のさだめだという。しかし、人は皆と一緒に仲良く生まれてくるわけではない。

そして死んでいくときも一人なのだ。

そのことを思うとき、天地始原の空間に、ただ独《ひと》り空を見上げて坐《すわ》っている自分を考える。

はてしない砂漠。夜空はどこまでも澄み、星は手をのばせば摑《つか》めそうなほど近い。風の音のみがきこえるなか、自分はどこから来て、どこへ行くのかを思う。

死んだら人はゴミになるのか？

それとも天国や地獄、また浄土《じょうど》とやらに迎えられるのか？

この命はふたたび転生《てんしょう》するのか？

自分が消滅するというのは、一体どんな感じだろう？

私たちは学生期、家住期をつうじて、それらのことをつきつめて考えることが少ない。若いうちから生死の疑問に心を悩ませる人も、もちろんいる。しかし、一般には世間の雑事《ざつじ》に追われて、一瞬ちらと頭をかすめる疑問に正面から向きあう機会を失いがちである。

林住期とは、そのような時間をとりもどす季節だ。そして、日常と離《はな》れた次元で、それらのことをつきつめて考える貴重《きちょう》な時期である。

それは必ずしも思索《しさく》のなかでだけ感じられることではない。生計を支える仕事とは異なる、本当にやりたかったことを制限されずにやるなかから、おのずとみえてくる時間だと思う。

「林住期」に先だつ季節である「学生期」と「家住期」は、決してリセットさるべき間違った数字ではない。古くなって魅力を失ったデザインでもない。切れ味が鈍《にぶ》って、赤錆《あかさび》の浮いた刃物でもない。まして否定され、敵視され、打ちこわさるべき腐敗した旧体制でもない。それは第三の人生のために、営々《えいえい》と準備され、磨《みが》きあげられ、土台として用意された不可欠の財産、武器なのである。

だから私は、あえてre《リ》という表現を「林住期」にあてたくはないのだ。もし、あえてイメージに合う横文字をさがすとすれば、「ジャンプ」(Jump)という表現こそ、それにふさわしいのではあるまいか。

アスリートにたとえれば、「学生期」に基礎体力をつくり、「家住期」に技術を磨き経験をつむ。そして試合にのぞむ。その本番こそが「林住期」だ。

もし陸上で跳躍《ちょうやく》の試合なら、こうだ。スタートラインについて、合図とともにダッシュするのが「学生期」、さらに加速してスピードをあげ、タイミングをはかる「家住期」、そして、満を持《じ》してジャンプ！　良き助走が、良きジャンプを生む。「林住期」は人生のやり直しでも、生活革命でも、再出発でもない。生まれてこのかた、ずっとそのために助走してきたのである。

では、青《せい》・壮年《そうねん》期は単なる準備期間にすぎないのか、と疑問に思う読者もいるだろう。そうではない。私はジャンボ・ジェット機が離陸する瞬間を、いつ見ても感動する。スタンディング・スタートから、徐々《じょじょ》に加速し、轟音《ごうおん》と震動のなかに全力加速していく。微妙《びみょう》な揚力《ようりょく》と推力《すいりょく》のバランスをはかりながら、離陸への疾走《しっそう》を続ける姿にこそ、「学生期」と「家住期」の真価をみないではいられない。

あの緊張感にみちた助走があればこそ、ジャンボの巨体は離陸《テイクオフ》するのだ。

「林住期」は人生におけるジャンプであり、離陸である、と私は思う。

まったく新しくスタートするのではない。過去を切りすてて旅立つのでもない。それまでの暮らしを否定し、0《ゼロ》からやり直すのでもない。

これまでにたくわえた体力、気力、経験、キャリア、能力、センスなどの豊かな財産の、すべてを土台にしてジャンプするのである。その意志のあるなしこそ「林住期」の成功と失敗を左右する。

「林住期」をむなしく終えた人には、むなしい死が待ちかまえているだけだろう。その第三の人生をジャンプした者だけが、死を穏《おだ》やかに受け入れることができるのだ。

ジャンプしても、必ずしも満ち足りた日々が保証されるわけではない。しかし、かりに清貧《せいひん》というにもささやかすぎる暮らしをすることになったとしても、そこには人間としての、奇妙《きみよう》な充足感が得られるだろうと思う。

一枚の衣《ころも》と、一箇の鉢《はち》。それだけを全財産として流浪《るろう》した古代の修行僧《しゆぎようそう》のことを思えば、相当な貧しさにも耐えられるはずだ。

アジア各地に伝わる仏教では、出家者、つまり僧と、在家《ざいけ》信徒、すなわち一般市民とは、生きかたを区別する。道を求めて出家した修行者は、俗世間《ぞくせけん》の暮らしを放棄《ほうき》して、別なモラルのもとに生きる。

結婚しない。子をつくらない。労働に従事せず、法律でなく戒律にしたがう。托鉢《たくはつ》と布施《ふせ》、すなわち一般市民の喜捨《きしや》によって生きる。

禅《ぜん》で重要視する作務《さむ》は労働ではあるが、報酬《ほうしゆう》を目的とする仕事ではなく、修行《しゆぎよう》の一つである。

ひとつの事をきわめようとすれば、すべての俗事を削《そ》ぎ落として、全生活を修行に集中しなければならない。鋭いキリのように尖《とが》った極端な生きかたである。

僧という存在は、シンボルとしての人間のありようではあるまいか。シンボルは実用の技術や手段とはなりえない。北極星のように、それを摑むことはできないが、方向を教える光のようなものだ。

私たちは出家者にはなれない。もちろん、その気になれば六十歳、七十歳からでも出家は可能だ。しかし、俗世界を捨てずとも、出家者をひとつの手本として、さまざまな雑事を究極まで削ぎ落とし、スリムな生活をめざすことはできる。

林住期に生きる人間は、まず独りになることが必要なのではないかと思う。

人間は本来、群をなして生きる存在である。夫婦、親子、家庭、地域、会社、クラブ、学友、師弟、その他もろもろの人間関係が周囲にひしめいている。

まず、その人脈《じんみゃく》、地脈を徐々に簡素化していくことが大事だろう。

人生に必要なものは、じつは驚くほど少ない。

一人の友と、
一冊の本と、
一つの思い出があれば、それでいい。

と、言った人がいた。友は性別を問わない。配偶者《はいぐうしゃ》のこともあれば、遠方の友でもいい。私の場合なら、一匹のイヌをつけ加えたいところだ。

私がここで書いているのは、かなり乱暴な提言《ていげん》である。

そんなことは現実には不可能だ、という意見もあるだろう。気持ちはわかるがね、と苦笑《くしょう》する人もいるかもしれない。

世の中のことは、思いどおりにはいかない。そのことは、よくわかっている。むしろ思いどおりになることのほうが少ないのが、この世というものだ。

しかし、こうしたい、こうしてみたい、と思うことは大事なことなのである。

「汝《なんじ》の敵を愛せ」

という。

「右の頬《ほお》を打たれたら、左の頬をさし出せ」

ともいう。いずれも実際にはむずかしいことだし、そのとおりにしていたら生きていけないかもしれない。しかし、それでもなお、それらの言葉が生きて伝えられ、ときどき思い出されるのはなぜか。

できないことを言う、というのは大事なことだからだろう。できたらそうしたい、という思いも同じことだ。

もし、自分の思いが一〇〇パーセント実現しなくても、いっこうにかまわないではないか。五〇パーセント、いや一〇パーセントでも実現したら、それこそめっけものだろう。できなくても、もともとだ。

五十歳からの人生をジャンプする。やることを変えてもよい。ずっと同じことを続けてもよい。目的を変える。それがジャンプすることである。

目的を変える。

私たちが働くのは、一般には生活のためである。そこをなんとか変えられないか、ということだ。

働くために生きる、という思想は、この国には古くからある。日々の労働こそ尊い、という考えかただ。

私はそのことに反対ではない。人間はどんなことにでも生き甲斐《がい》を見出《みいだ》そうとする本能がそなわっているからである。

しかし、生きるために生きる、ということこそ、現代人に残された数少ない冒険の一つではないだろうか。

金を稼《かせ》ぐために生きるわけではない。生きるために働く、というのは自分本位《ほんい》の生きかたにすぎない。もっと次元のちがう生きかたは、あるのか、ないのか。私はいま、そのことを真剣に考えつづけているところだ。

女は「林住期」をどう迎えるか

「更年期《こうねんき》」などと言うな

「更年期」、という言いかたがある。

「わたしもそろそろ更年期にさしかかってるもんで」

などと言う女性も少なくない。

さらに気になるのは、「閉経期《へいけいき》」などという表現だ。医学上の会話ならともかく、ふだんの会話のなかで、平然と使われるのは、男性の側からしてもあまり気分のいいものではない。

「更年期」「閉経期」などという言葉が好きになれないのは、男の側でも自分に引きつけて反応してしまうからだろうか。

いっそ「更年期」「閉経期」といった味もそっけもない言いかたはやめて、きっぱりと「林住期《りんじゅうき》」と言い切ってしまえばいい。

「林住期の女たち」

と、いうほうがよほど気分がいいではないか。

「わたしもそろそろ林住期だからね」

などと胸を張る女性は、男から見ても憧《あこが》れるところがある。おんな鴨長明《かものちょうめい》、といった感じだ。

そもそも、いい女というのは五十歳からだと、むかしから思ってきた。成熟した女の魅力は、二十代、三十代では無理だろう。

四十代は少し中途はんぱな時期でもある。やはり五十代からが女の黄金期《おうごんき》ではあるまいか。

それは単なる生理的な年齢のことではない。二十代にして「林住期」の女の魅力をそなえている女性がいるとすれば、それは一種の才能である。

女の旬《しゅん》は「林住期」にあり。私は心底《しんそこ》、そう思う。

ブッダの妻の覚悟

林住期《りんじゅうき》は、当然ながら男性だけのものではない。それは人間としての生きかたにかかわる大きな思想だからである。

しかし、現在でもそうだが、古代インドの思想は、やはり家長である男を中心につくられていたといってもいいだろう。

とはいうものの、古代も、中世も、女たちの影は歴史を濃《こ》く彩《いろど》っている。物語や説《せっ》話《わ》のなかでは、ことにそうだ。

伝承では、ブッダは二十九歳のときに家を出た。

それは俗世間《ぞくせけん》と縁《えん》を切る出家《しゅっけ》でもあっただろうし、普通《ふつう》に言うところの家出《いえで》と考えてもよい。

そのとき彼には妻がいた。それだけではない。生まれてまもない赤ん坊もいたのである。

地方の小さな王国とはいえ、彼はそのプリンスである。一族の後継者でありながら、両親や周囲の期待をふり捨てて放浪《ほうろう》の旅に出ることは、相当な決意が必要だったにちがいない。

残された若い妻のショックは、想像にあまりある。置き去りにされた赤子は、のちに再会するまで父親の顔さえ記憶していなかっただろう。

やがて深い悟《さと》りをえて、ブッダ（覚者《かくしゃ》）と呼ばれることとなる家出青年の内面のドラマは、これまでさまざまに語られてきた。

だが、残された妻は、自分の立場をどう受けとめたのだろう。そのことを私はずっと考えてきた。彼女の心のなかには、さぞかし複雑な思いが泡立《あわだ》つように渦巻《うずま》いていたにちがいない。

夫婦のきずなは、どこへいってしまったのか。そもそも夫は自分のことをどう思っていたのか。

はたして自分は女として愛されていたのだろうか。

誕生《たんじょう》したばかりの子が可愛《かわい》くなかったのか。自分はこのあと、どう生きていけばよいのか。

不安と失望と悲哀のなかで、彼女はどのようにその状況をのり越えていったのだろうか。

家を出たあとのブッダの足跡《そくせき》は、かなり詳細《しょうさい》に語り伝えられている。しかし、残された妻の心について、私たちはあまり多くを知らない。

語られているのは、のちに彼女は、ブッダを中心に集まる修行僧《しゅぎょうそう》たちのグループに、すすんで加わったということだ。その僧たちの集団に尼僧《にそう》として参加した彼女は、良き修行者として晩年を送ったという。

残された赤子も、やがて成長して、のちにブッダの修行グループに入った。そして彼もまた良き僧となって、ブッダの教えを守り献身《けんしん》したと伝えられる。

かつて妻であったその女性が、ブッダの良き弟子《でし》として再生するまでの過程《かてい》は、これまでほとんど語られることがなかった。

しかし、あえて小説家としての私の空想をくりひろげるとすれば、ブッダが家を出る以前から、彼女にはある覚悟がさだまっていたように思われてならないのだ。

ブッダは幼《おさな》いころから、普通の子とはどこかちがったところがあったにちがいない。内省的で、物思いにふけりがちな、さまざまなことをつきつめて考えこむタイプの少年だったと思われる。

その結婚にしても、ともに十代なかばのことだった。熱烈な恋愛とか、世俗的な政略婚ではなかったはずだ。日ごろ鬱々《うつうつ》として心が晴れぬ息子《むすこ》に、少しでも明朗さをとりもどさせたいという両親の配慮からの結婚であったと考えるほうが自然だろう。

私は想像するのだが、若くして妻に迎えられた少女は、たぶん結婚した相手の青年を、いっぷう変わったタイプの男性として理解したのではあるまいか。ともに生活するなかで、その最初の印象《いんしょう》は、さらに深まっていったにちがいない。

彼女は、たぶんすぐれて聡明《そうめい》な女性だったろう。のちに弟子の一人として尼僧となり、穏《おだ》やかな生涯《しょうがい》を送ったらしいことからも、それは想像できる。

彼女は女、または妻としてだけでなく、夫であるその青年の内面のドラマを理解しようと、日々、注意ぶかく、愛情をもって努めつづけたのではあるまいか。

そして彼女は悟った。この人は普通の生活者ではない。世俗の常識をこえた、なにか人間と世界に大切なことを思い悩んでいる。その問題を解決することが彼の人生の最大の関心事なのだ、と。

この人の心が自分を離れているわけではない。家庭や子供を大切に思っていないわけでもない。両親や一族のこと、地位、名誉《めいよ》、その他の俗世間を軽蔑《けいべつ》しているわけでもない。

ただ、彼にとっては、そういった現実の生活より、はるかに重要な問題があるのだ。それを追求するために、いつかはこの家を出て、遠いところへ孤独な旅に出発するのだろう。

彼女は少しずつ、丹念《たんねん》にその覚悟を育てていったのではあるまいか。

若き夫が、いつか家を捨て、自分を捨て、子供を捨てて、生命をかけた真理探求の冒険に旅立つ日がくるだろうと、じっと心の準備をしながら日々を送っていた。そんな女性の姿《すがた》に、私はある共感をおぼえずにはいられない。

男は旅立つ、と、歌の文句《もんく》はいう。しかし、男だけが旅立つのではない。女もまた旅立つのである。ブッダと呼ばれることになる青年の妻は、彼を全人格的に理解したときに旅立ったのだ。

ブッダは隠れて家を出たのではあるまい。この苦しみ多き世に、人はどうすれば安らかに生きられるのか。その問いを求めて、彼は生死を賭《か》けた放浪の旅に出る。

「わたしは、行かなければならない」

と、ブッダは彼女に告げただろう。

「わかっていました」

と、彼女は答えただろう。

「きょうが、その時なのですね」

「そうだ。いつかまた、会う日があるかもしれない。ないかもしれない。わたしに愛がなかったとは思わないでほしい。わかってくれるね」

「わかっています」

そして二十九歳の青年は家を出る。彼女は泣かなかったのではないかと思う。彼という人間を理解していたからであり、その志《こころざし》にふかく共感していたからである。

ブッダが家族を捨てたのではない。妻もまた彼を捨てたのである。より大きな人間の魂《たましい》の自由をともに求めたからだ。

女性にとっての林住期とは、男と女の関係が新しく再生される季節だと私は思う。

男女の愛から、人間的な理解へ。相手を理解することから生まれる友情は、自由な関係に成長する。

愛よりも、理解。

愛情よりも、友情。

長く離れていては、愛情は続かない。遠くへだてられていても真の友情は失われることがない。

自分をみつめる季節が林住期ではない。相手をみつめ、全人間的にそれを理解し、受け入れる。

学生期《がくしょうき》のあいだは恋愛が中心だ。

家住期《かじゅうき》になれば夫婦の愛をはぐくむ。

そして、林住期には、恋人でも、夫でもない一箇の人間として相手と向きあう。それが可能なら、バラバラに暮らしてもいいではないか。二人の結びつきは、さらに深まっていくかもしれないのだから。

ブッダとその妻との別離の物語は、そのことを静かに教えている。林住期とは、女が旅立つ季節でもあるのである。

自己本来の人生に向きあう

「鬱《うつ》」も「老」も、悪ではない

むかしは歳《とし》をかぞえるのに、満何歳とはいわず、数《かぞ》え歳《どし》をつかっていた。だから正月になると、だまっていても一つ歳がふえる。新しい年を迎える感慨と同時に、

「ああ、また年齢《とし》をかさねたのだな」

と、いやでも考えさせられたものだった。

私は昭和七年（一九三二年）の生まれなので、むかしふうに数えれば、今年（二〇〇六年）で七十五歳になる。

子供のころは、七十代の人といえば、老人を通りこして、仙人《せんにん》のような感じがしたものだ。まさか自分がその歳まで生きようとは、夢にも思わなかった。

年をとることを、世間では、老いる、という。ところで最近、若い娘さんたちがい

うところの「オジン」とか「オジサン」とは、一体、何歳ぐらいからの世代を呼ぶのだろうか。

四十代ぐらいからだろうか。いや、三十代の男性でも「オジン」呼ばわりされる連中もいる。二十代ではさすがに「オジサン」あつかいはされないだろうが、安心してはいられない。「オジサンくさい」という表現は、実際の年齢とは関係がないからだ。

先日、渋谷のカフェで隣席《りんせき》の少女たちの話を聞くともなしに聞いていたら、

「エッ、四十五？　ジジイじゃん」

などと笑いあっていた。四十五歳で「ジジイ」なら、七十五歳は「オバケ」だろう。

結婚して家庭をもった男は、「おとうサーン」と妻に呼ばれるようになったときに、男性として現役ではなくなる。野球やサッカーの選手と同じで、社会においてレギュラー選手として認められる年齢が、近年とみにさがってきたらしい。

そうなると、ますます老いるということが、不快な現象《げんしよう》になってくる。世間も若者中心に動いていく。したがって加齢《かれい》イコール悪、という感覚は、近年いちじるしく加速してきたようだ。

それに対する切《せつ》ない反抗が、「アンチエイジング」などという表現だろう。「アンチ」というのは、抵抗の「抗」といった語感なのだろうか。「抗生物質」とか「抗鬱《こううつ》剤《ざい》」とか、よく耳にする言葉だが、私はどうもこの「アンチ」という発想が好きではない。

まず、抵抗する相手が悪である、という前提がひっかかるのだ。「鬱」も「老」も、必ずしも悪ではない。「老い」を抑《おさ》えこむ、老化と闘《たたか》う、という視点に立ってしまうと、「老い」は悪、そして老人は悪人ということになりはしないか。

「林住期」の世代こそ文化の成熟の担《にな》い手

このように老いを否定する傾向《けいこう》と並行《へいこう》して、皮肉《ひにく》な現象が目立ってきた。

前述したように百歳以上の長寿者の数が、なんと二万八千人をこえ、さらに一年後には五千人あまりの百歳族の増加が予想されるらしい。となると、三万人以上の百歳超の世代が出現することになる。これは最近の年間の自殺者の数と、ほぼ同じことになる。

百歳以上の高齢者の大群が出現するだけではない。もっと問題なのは、それと同時に、いわゆる「団塊《だんかい》の世代」が国民の最大グループとして登場してくることだ。まもなく定年を迎える六十歳前後の世代が、波を割って海上に姿をあらわす巨大なクジラのように浮上《ふじょう》するのである。

このグループは、すでに「オジン」と称《しょう》される年齢をとっくにこえている。「ジジイ」とか「ジッちゃん」とか呼ばれて当然の世代である。

戦後六十年を過ぎ、高度成長の夢と現実を通過した平成のこの国は、いま、いやおうなしに成熟の季節を迎えなければならない。戦後復興期《ふっこうき》の二十五年をこの国の「学《がく》生期《しょうき》」とするならば、その後の二十五年の高度成長期は「家住期《かじゅうき》」にあたる。

そしていま私たちが向きあっているのは、戦後第三期の二十五年間、まさに「林住《りんじゅう》期《き》」のとば口《くち》だ。そしてその時代を支える最大グループこそ、いま若者志向社会から「ジジイ」あつかいされている五十代から六十代の最多世代にちがいない。すなわち

「林住期」に属する団塊こそが、この国の文化と精神の成熟の担《にな》い手となるのではあるまいか。

私自身は、すでに「林住期」は過ぎている。普通《ふつう》に考えれば、まさに死をみつめて生きる「遊行期《ゆぎょうき》」のまっただなかだ。

しかし、五十歳からの二十五年を、あえて「林住期」と考えるのは、不自然《ふしぜん》ではない。百歳以上の長寿者が三万人をこえる高齢化社会は、古代インドでは想像もできなかったはずだからである。そう思えば、今年、私はまさに「林住期」の最後の年を迎えたことになる。

この一年をどう生きるか。終わりよければすべてよし、とは不朽《ふきゅう》の名言だ。

世間では「オジン」を過ぎ、「ジジイ」世代にさしかかった世代を、人生のリタイア族のようにみる傾向がある。古代からの「家住期」を人生最高の季節と考えると、たしかにそうなるだろう。

しかし、私がいま考えているのはそうではない。

「家住期《かじゅうき》」、つまり社会人として、家庭人として、働きつつ生きる時期を人生のもっとも充実した季節とみなす考えは、すでに古くなった過去の思想のように私は思う。祭祀《さいし》を中心に世の中が動いていた古代インドでは、「家住期」こそが最重要とされて当然だろう。

また国家体制が強力な社会では、よく働き、よく税をおさめ、良き兵として奉仕《ほうし》する「家住期」の国民こそが「良民」とされた。

「林住期」とは、その良民の枠《わく》から脱《ぬ》け出す世代である。ドロップアウトする若者は、かつてヒッピーと呼ばれ、独自のカウンターカルチュアを創《つく》り出した。

しかし、現代の「家住期」の人びとは、社会から押し出され、はみだす余計者《よけいもの》ではない。定年退職して家でゴロゴロしている男たちを、「濡《ぬ》れ落葉《おちば》」とからかう表現があった。そういわれても仕方のない実態が、たしかに存在したかもしれない。

私がくり返し提言しているのは、「林住期」に対する価値感の変革《へんかく》である。人生のまっ盛りを「家住期」としてとらえ、そこをピークとしてみる従来の考えかたを、根底《こんてい》から打ちこわすことが必要なのだ。

人間は、国家や社会制度に貢献《こうけん》するために生まれたのではない。子供や、妻や、家庭に奉仕するために世に出たのでもない。

たしかにそれは社会に暮らす者の、尊い義務ではある。そして義務は誠実にはたさなくてはならない。しかし、義務とは他のために献身《けんしん》することだ。「家住期」において十分にその義務をはたし終えた人間は、こんどはまさに自己本来の人生に向きあうべきだろう。

「人身《にんじんう》受け難《がた》し」

と、仏教ではいう。一人の人間として生をうけることは、じつに大海の一粟《いちぞく》を拾うほどにまれなことだ、と教える。人として生まれたこと自体が奇蹟《きせき》なのだ。それほど希有《けう》で、貴重な機会をえた私たちには、いつかはその自己に対しての義務をはたさなくてはならない時がくる。

本来の自己を生かす。

自分をみつめる。

心のなかで求めていた生きかたをする。

他人や組織のためでなく、ただ自分のために残された時間と日々をすごす。

それが「林住期」という時期ではないか。そして、そこにこそ人生の真の黄金期があるのではないか。

「学生期《がくしょうき》」は準備の時代だ。心身《しんしん》を育て、学び、経験をつむ。それは次にくる「家住期」のためのトレーニングの時間である。

「家住期《かじゅうき》」は、いわば勤労の期間。社会人としての責任をはたし、家庭人としての義務をつくす。

古い考えでは、その時期を人生の中心とみなしてきた。いわゆる働き盛りの時代である。

そして「林住期」。

それはリタイアの時期とみなされた。定年退職して、なにか趣味に生きる。妻にいやみを言われながら、ゴロゴロして暮らす。イヌの散歩につきあい、孫《まご》のお相手をする。場合によっては、収入が半減しても働かざるをえないケースもある。今後はむしろ、そういう例もふえてくるのではないか。

そこでは「林住期」は、人生のオマケの季節のように扱《あつか》われてきた。「濡れ落葉」

とからかわれるゆえんである。

人生五十年、といわれた時代ならそれも理由のないことではあるまい。しかし、二十一世紀の今は、人生百年の時代がすぐそこまで迫っているのだ。

「林住期」には本当にしたいことをする

五十歳から七十五歳までの二十五年間。

その「林住期」こそ人生のピークであるという考えは無謀《むぼう》だろうか。私はそうは思わない。前半の五十年は、世のため人のために働いた。後半こそ人間が真に人間らしく、みずからの生き甲斐《がい》を求めて生きる季節なのではないか。

自分が心から望む職業につけた人は幸せな人だ。その仕事で実りある業績をあげ、定年を迎えたとすれば、最高の人生だ。しかし、多くの人は、必ずしも自分が夢みた職業につけるとは限らない。むしろ、生きるため、生活のため、そして家庭や身辺《しんぺん》の事情で職をうるのである。

なかには職業につきたくない、と思っていた人もいるだろう。本当は家業《かぎょう》をつぐことに抵抗を感じていた人もいるだろう。望んだ目標に手がとどかず、やむなく他の世界に生きなければならなかった人もいるだろう。できれば、こんな仕事はしたくない、と心のなかで思いつつ、さまざまな事情から何十年もその場で働いた人もいるだろう。

人間には、本当に自分がしたいと思うことをする自由がある。それがないとみえるのは、「家住期」にいるからだ。

「林住期」とは、そこを脱け出していい、という時期である。まさにそれが許される時なのである。

世の中には、いま現在の仕事がなによりも好き、という人も少なくない。国会議員のなかには、定年制など冗談《じょうだん》じゃない、という先生がたも多い。政治の世界が好きで好きで仕方がなく、死ぬまで現役で政争の渦《うず》のなかに身を投じたいと思っている人びとだ。

一生、学問を愛して書斎で暮らす学者もいる。商売がなにより好きという人もいれば、畠《はたけ》に出て土いじりをやめないご老人もいる。

定年でやむをえずその職を離れても、できることならずっとその周辺で生きていきたいと願う専門家も多い。出版社を定年でやめた編集者が、独立して編集プロダクションを設立したりするのも、ごく自然なことだ。

しかし、一方ではまったく反対のケースもある。なにかこれまでできなかったことをやってみよう、やってみたいと願う人たちである。私にはこれもごく自然なことのように思われる。

私が若いころ一緒に仕事をさせてもらった芸術大学の先生がいらした。れっきとしたピアノ科の教授で、クラシックの大家だったが、じつはこの先生、麻雀《マージャン》とジャズが大好きという変わったお人だった。

定年で教授を退職なさってしばらく経《た》って、その先生が新小岩《しんこいわ》のキャバレーでピアノを弾《ひ》いている、という噂《うわさ》を聞いた。なんでも赤いシャツを着て、ハンチングをかぶって、くわえ煙草《たばこ》でジャズっぽい演奏をやっているというのである。店がしまったあとは、ホステスやバンドの連中と徹夜麻雀という暮らしぶりだったそうな。もちろん噂には尾ひれがついているだろう。しかし、その先生のゴシップに興《きょう》じる音楽関係者たちの表情には、たしかにある種の羨望《せんぼう》の気配があったことをおぼえている。

働いて生きる人間は、誰《だれ》もがやがて六十歳を迎える。「林住期」である。そのときになって、どうするか。

好きでやってきた仕事を、ずっとそのまま続けるのもいいだろう。本当は好きとはいえなかった仕事を離れて、少年のころの夢を追うのもいいだろう。「林住期」という第三の人生を、心ゆくまで生きるのが人間らしい生きかたなのだから。

真の生き甲斐《がい》をどこに求めるか

しかし、そのためには、六十歳を目の前にしてからではおそい。「林住期」は五十歳から始まるのである。定年退職する十年前から、自己本来の生きかたの設計と、その準備を始めておかなければならないのだ。

人生の真の生き甲斐《がい》をどこに求めるか。

そんなものを求める必要はない、という意見もあるだろう。それはそれでいい。しかし、心のなかで、かすかにでもそれを求める気持ちがあるなら、ためしてみるのも一興《いっきょう》である。

自分本来の姿をみつめる。真の自己をさがす。それもべつに必要ではない。

そもそも「林住期」の生きかたは、「必要」ということから遠く離れることにある。

私たちは生活を支える必要がある。そのために働く。家庭を維持《いじ》し、子供を育てるための必要から定職をもつ。

あるいは自己の夢を実現する必要によって、社会的な活動に従事する。すべては「必要」からだ。

「林住期」の真の意味は、「必要」からでなく、「興味《きょうみ》」によって何事かをする、ということにある。

これまでずっと自分がたずさわってきた仕事を続けるにしても、そこから百八十度コースを変えて転進するにしても、今後は「必要」からではなく、はっきりと「興味」本位《ほんい》でそれをやる、ということだ。

仕事には報酬《ほうしゅう》がともなう。金を稼《かせ》ぐために働く人もいる。いや、大半はビジネスとして、生活の必要から職業をもつ。そうでない人もいるかもしれない。自分の夢として仕事に打ちこむ人だ。しかし、その場合でも、やはり金銭は切り離すことができない。

私は「林住期」にすることは、すべて「必要」からではなく、報酬とビジネスを無視してやるべきだと考えているのだ。

なにをやってもいい。とにもかくにも、それで金を稼ごうなどとは思わないことである。

以前と同じ仕事をずっと続けていくにしても、そのことさえはっきりさせれば、世界はがらりと変わってくる。要するに「林住期」においては、金のためになにかをしない、と決めるべきなのだ。

どこか地方の寺にでも転がりこんで、坊さんの修行《しゅぎょう》をするのもいいだろう。アジアやアフリカの国々へ出かけて、木を植えたり、井戸を掘ったりするのもいいだろう。図書館に日参《にっさん》して、好きな作家の全集を読破《どくは》するのもいいだろう。ギターを買ってバンドをやるのもいいだろう。素質のある人なら俳句や短歌に打ちこむ道もある。気功《きこう》や呼吸法の奥義《おうぎ》をきわめるもよし、古武術《こぶじゅつ》を学ぶのもいい。

要するに道楽《どうらく》である。道楽で金を稼ぐべきではない、というのが私の意見だ。「家住期」と「林住期」の違いは、やることの内容ではない。分野の相違《そうい》でもない。金を稼ぐための仕事と、報酬を求めない仕事の差である。

それじゃボランティアか、ときかれれば、まあ、そういうものだ、と答えるしかない。

そういうことを言えば、怒る人もいるだろう。誰も好きこのんで金のために身を粉《こ》にして働いてるんじゃないぞ、と。

そうしなければならない事情というものがあって、それにせきたてられて働いているのだ、と。

私にもそのことはわかる。自分ひとりのことならなんとでもなる。私たち日本人には「身内《みうち》」というものが生涯ついてまわるのである。家族であったり、親であったり、兄弟姉妹であったり、義理ある人びとであったり、その種類はさまざまだ。

身内のために耐え忍《しの》んで、泣きたい思いを噛《か》みしめながら生きている人たちも少なくないだろう。かつて若いころの私がそうだった。

それでなくても、この国の政治は、定年まで働いたからといって、後半生を遊んで暮らせるようにはしてくれない。そもそも定年までひとつの会社に勤めつづけることができるかどうかさえ、危《あや》ういのである。

だから私たちは準備をしなければならない、と思うのだ。

なんのための準備か。それは「林住期」を真に自由に生きるための準備である。「家住期」とは、むしろそのための準備期間であると考えたほうがいい。

五十歳からの家出のすすめ

くり返すが、五十歳になってからではおそいのだ。五十歳から七十五歳までの「林《りん》住期《じゆうき》」を、どう生きるかを、「家住期《かじゆうき》」のときにこそ構想する必要がある。「家住期」、すなわち社会人のあいだに、しっかりと資金をたくわえておく。貯金も、投資も、実際には役に立たないかもしれない。しかし、それでも準備は大事である。

子供たちにはちゃんと二十歳ぐらいで自立させたいものだ。二十歳が無理なら、「学生期《がくしようき》」の終わる二十五歳では家を出ていくように育てる。

配偶者《はいぐうしや》のことも考えておこう。もし、定年後に自分が家を出て、何年も帰ってこなかったとしても、ちゃんと生活できるように手をうっておかなければならない。

こういうことを書けば、読者のなかには私が冗談《じようだん》をいっているように思われるかたもいらっしゃるにちがいない。

しかし、私は本気で書いている。男性も女性も、「家住期」を過ぎて「林住期」を迎えたならば、一度は家庭を解体してみてはどうかと考えるのである。

「家出のすすめ」は、若い世代にむけてだけではない。

「家出」とは、ある意味で「出家《しゆつけ》」のことでもある。「出家」とは、一般には俗世間を捨てて、宗教的な求道《ぐどう》の生活に入ることをいう。べつに坊さんにならなくとも、「出家」は成りたつのだ。

職業につき、社会に貢献し、市民としての義務をはたし、子供を育てたなら、そこで家庭というものを一度、見直してみてはどうだろうか。

夫が家を出てもいいし、妻のほうが出ていってもかまわない。家というものから離れて、一個人としての時間をもつことが目的である。

旅をするというのも、一種の家出である。どこか過疎《かそ》の村の廃屋《はいおく》にでも住まわせてもらって、ひとり暮らしを試《こころ》みるという手もあるだろう。

もしつてがあれば、どこか地方の温泉旅館の雑用係か運転手にでもやとってもらうというのも悪くない、などと妄想《もうそう》がふくらむ。

むかし、作家の色川武大《いろかわぶだい》さんと北海道を旅行したことがあった。色川さんは、もう一つのペンネーム、阿佐田哲也《あさだてつや》としても知られた麻雀の達人でもあった。そのときは、当時、私たちの麻雀の好敵手であった畑正憲《はたまさのり》さんの牧場を訪ねて、卓を囲もうというのんき気な旅だった。

北海道の単調な広野を車でずっと走っているとき、ふと、色川さんが独《ひと》り言《ごと》のようにこう言った。

「本当は、郵便配達とか、鉄道の工夫《こうふ》とか、そんな単純に人のためになる仕事をやりたかったんだけどね」

ぼんやり車窓を眺めながらため息をついた作家の横顔を、ときどきふと思い出すことがある。

いま生活していくだけでも大変なのに、そんな将来のためにたくわえる余裕《よゆう》などあるものか、と腹を立てる向きもあるだろう。しかし、積極的にそなえるゆとりがなければ、消極的にそなえるという道もないわけではない。

それは「林住期」を、乞食坊主《こじきぼうず》のように生きるという決意だ。捨てる生きかた、とでもいおうか。

年をかさねた老夫婦が、寄りそって静かに暮らしている姿は美しい。遠くで眺めていても、心が温《あたた》まってくるような風景である。

しかし、どんなに仲のいい夫婦であっても、どちらかが先に逝《ゆ》く。人間は最後はいつも孤独な存在である。

「どこにいても、どんなときでも、いつも阿弥陀《あみだ》さまと二人連れ」

と微笑し、ナマンダ、ナマンダ、とつぶやくお年寄りがむかしは少なくなかった。それは裏返せば、人間は最後はつねに孤独である、という覚悟からわいて出る念仏《ねんぶつ》ででもあっただろう。

「家住期」を終え、「林住期」を迎えるとき、人はいちどそれまでの生活を解体することも大事ではなかろうか。

これはもちろん、私の空想、というより妄想《もうそう》である。しかし、ロシアの大作家トルストイが、晩年に家出して旅先で死んだことは印象ぶかい。親鸞《しんらん》の妻、恵信尼《えしんに》も晩年、京都に老いた親鸞を残して越後《えちご》に離れ住んでいる。親鸞と恵信尼は、たがいに無二《むに》の尊い存在として相手を菩薩《ぼさつ》のように敬愛してやまなかった夫婦だった。

人は孤独のなかに自己をみつめることによって、天地万物《てんちばんぶつ》の関係性を知ることができるのかもしれない。仏教でいう縁起《えんぎ》とは、すべてのものは孤立して存在してはいないということだ。

家出をするということは、人非人《にんぴにん》になることだ。しかし、人非人になることでしかつかめない真実というものもある。

かつては女手ひとつで沢山《たくさん》の子供たちを育て、身を粉《こ》にして働きに働きづめで死ぬ母親たちもいた。今でもいるかもしれない。自己をみつめるだの、真の自分をさがすだの、好き勝手なことをできるのは、恵まれた一部の人だけだろうとも思う。

しかし、それでもなお、私は、人は食うためとは別の、勝手な生きかたをしてもいいと考える。それは贅沢《ぜいたく》といえば贅沢な話かもしれない。

人間の五十歳から七十五歳までの二十五年間、それが「林住期」だ。「学生期」も、「家住期」も、それを十分に生ききるための日々である。

「林住期」に金を稼ぐためでなく生きるということは、自分が自由になると同時に、世のため、人のために生きるということでもある。それがただ働《ばたら》きであったとしても、道楽と覚悟すればなんでもないだろう。「林住期」は、いま、私たちのすぐ目の前にあるのだ。

「林住期」の体調をどう維持するか

食べることは養生の基本である

さて、「林住期《りんじゅうき》」にさしかかった人間にとっての大きな問題の一つは、まず健康ということだ。

人は生まれつき病人である、と、私はかねがね言いつづけてきた。すべての人は、死のキャリアとして生きているのである。八百八病は、おのれのなかにある。体のバランスが崩《くず》れたとき、それが表《おもて》にあらわれるだけだ。

病気は仕方がない。それと闘《たたか》おうとは私は思わない。諦《あきら》めることを考える。「諦める」とは、投げ出すことではない。その反対である。

「諦める」とは「あきらかに究《きわ》める」ことだ、と私は思ってきた。病《やまい》の現実を、目をそらさずに直視する。そして、それを否定しない。どうすれば少しでも楽になるかを工夫《くふう》する。いちばん大事なことは病気にならないように、ふだんから体調を維持《いじ》することだ。それを養生《ようじょう》という。「治療」より「養生」である。病院のお世話になったときは、自己の状態を勇気をもって「あきらかに究《きわ》める」。そして、少しでも体が楽なようにつとめる。

養生にはげんだとしても、病気は勝手にやってくる。これだけ注意したのに、とか、なんで自分だけが、などということは通用しない。くり返して言うが、世の中は矛盾《むじゅん》だらけ、不合理《ふごうり》だらけである。それを「苦《く》」ということは、前にも書いた。人生は「苦」である、と、私は「あきらかに」受けとめてきた。そのなかで、なにができるかを考えるしかない。

養生というのは、ふだんの生活である。特別にワークショップに通《かよ》うとか、そういうことではない。

一例をあげれば、食べることは養生の基本だろう。「林住期」を迎える人びと、またその最中の人は、食事を注意ぶかく摂取《せっしゅ》する必要がある。

私が以前から言っていることの一つに、「腹八分《はらはちぶ》」のすすめ、ということがある。「腹八分」とは、よく耳にする言葉だが、それだけでは十分ではない。人は個人個人がさまざまな差異《さい》をかかえている。年齢というのも、大きな問題である。のび盛りの十代までは、腹十分《じゅうぶ》。つまり食べたいだけ食べて、しっかり育つ。

二十代に入れば、腹九分《くぶ》でいい。

三十代は、腹八分。ここが基準である。

四十代になると、少しひかえて腹七分《しちぶ》。

五十代では、腹六分《ろくぶ》。以下、十歳ふえるごとに一分《いちぶ》ずつへらしていく。

六十歳をこえたなら、腹五分《ごぶ》。七十代に達したときには、腹四分《しぶ》が適当だろう。現在の私は、ほぼ一日あたり一食半。やや多めかもしれない。

八十代では腹三分《さんぶ》。九十代で腹二分《にぶ》。百歳で腹一分というのは、いささか酷《こく》だろうか。百歳をこえたらカスミを食って生きていただく。

まあ、おおざっぱな提言《ていげん》だが、それくらいでちょうどいいような気がする。一日、ほぼ一食半ということは、昼に蕎麦《そば》かうどん、夜はちゃんと食べて、それで終わりということだ。それでも室生寺《むろうじ》の七百段の階段を三往復したし、徹夜で原稿も書く。千日回峰《せんにちかいほう》の行者《ぎょうじゃ》さんのことを思えば、これでも食べすぎかもしれない。

「身体語」に耳を傾けて

私は四十代から五十歳あたりまで、じつに体調が悪かった。五十歳になろうとするころ、「休筆」という、一種の敵前逃亡を試《こころ》みた。マスコミという戦場から、数年間ドロップアウトしたのだ。

そのことが心にも体にも、とても良かったような気がする。そして五十代から現在までの二十五年間、私はほとんど体調を崩すことなく暮らすことができた。そのことをいつも心のなかで感謝しない日はない。私の「林住期」は、もうしばらく続くだろう。このあと、どんな老化現象や病気が待ちうけているか、考えれば考えるほど不安だらけだ。もし、病院に行って検査を受けたら、即《そく》入院ということもありうると覚悟している。病《やまい》も、死も、「前よりしもきたらず。かねてうしろに迫れり」というのが真実なのである。

私が「林住期」のあいだにおこなったことの一つは、体調をととのえる、ということだった。それだけでも丹念《たんねん》にやれば、こんなにおもしろいことはない。車の運転よりも、メンテナンスのほうが好き、という友人がいる。その気持ちはわからぬでもない。

私は六十歳で車の運転をやめた。それはとても辛《つら》いことだった。しかし、自分の運動神経や反射神経の衰えを「あきらかに究《きわ》め」た結果、ハンドルを握ることを断念したのである。

一例をあげると、新幹線の「のぞみ」や「ひかり」に乗っていて、通過する駅名の表示が読めなくなったと感じた。以前は、二百キロで走っていても、ぴたりと読めたものである。

横羽線《よこはね》の高速カーブを曲がるときに、なぜか狙《ねら》ったラインどおりにトレースできないときがあった。運転はやめよう、とその晩、思った。

今でも運転しない車のボンネットを上げて、エンジン回りをいじったり、タイヤの圧を調整したりはする。そのことだけでも、少しは心が安らぐ。

体調に注意することも、それとよく似ているように思う。体はつねに言葉にならない内側からのメッセージを送っているのだ。その信号を私は「身体語」と呼んでいる。私はこの歳《とし》まで、ついに英会話をマスターできなかったが、「身体語」はよくわかるようになった。体が発する言葉に耳を傾《かたむ》け、ときには短い会話をする。気圧が急にさがりかけたり、体の各部に無理がきたりすると、体はいろんな表現でぶつぶつ言う。その声に耳を傾け、素直に直感にしたがう。

「きょうは一日、食べないほうがいい」

とか、

「呼吸が乱れてるよ」

とか、

「少し温度がさがりすぎてるね」

とか、いろんなことを言ってくるのだ。その言葉を、頭で否定してはいけない。素直にしたがうことが大事である。

「林住期」に入って、物忘れがひどくなってきた。脳のなかで微小梗塞《びしょうこうそく》が進んでいるのだろう。それは自然な老化であるから、無理な抵抗はしない。「脳トレ」に熱中している友人もいるが、はたして実生活で効果があるのかどうか。

記憶力は筋肉と同じで、トレーニングをやらないよりやったほうがいい。私はそのために、十九世紀のロシアの小説を読むことにしている。ドストエフスキーにしても、チェホフやトルストイにしても、そこに出てくるロシア人の名前は、どれも厄介《やっかい》きわまりない。その作中人物の名前を、なんとか記憶する。忘れたら何度も前にもどって確認する。あるいはなにかにこじつけておぼえる。文学作品を読もうと思うから気が重いのだ。「脳トレ」と思って読めば『悪霊《あくりょう》』も『戦争と平和』も、気楽に読める。

眠りにつけなくて困るときには、ポーランドの歴史の本を読む。これは十ページと続かない。すぐに眠くなるのは、私だけだろうか。

なににつけ「林住期」に大事なことは、自分の方法、自分のやりかたを発見することだ。

私は「整理法」の本を、何冊買ったかわからないほど読んだ。だが、部屋はまったく片付かなかった。他人に役立つからといって、自分に有効ということはないのである。私と同じことをやっても、大した効《き》き目はないかもしれない。だが、自分にあった方法をみつける、そのことは重要だし、確実に役に立つと断言してもいい。

「林住期」は、おもしろい時期である。ひょっとして、人間としてもっとも有意義《ゆうぃぎ》な生きかたができる時期かもしれない。人生の黄金期、そして収穫期《ハーベストタイム》としての二十五年間を、ぜひ見出《みいだ》してほしいと思うのだ。

うつは「林住期」におちいりやすい難病である

うつ病がふえている。実際には以前からうつ病の患者は少なくなかったはずだ。だが、うつ病をきちんと病気として扱《あつか》う風潮《ふうちょう》がなかったために、はっきりしたかたちで注目されなかっただけだろう。

最近、ストレス社会のひとつの現象《げんしょう》として、うつ病が社会的問題となってきた。

毎年、三万人以上の自殺者が続いていることも、うつ病への関心が高まってきた理由かもしれない。

自殺の原因としては、病気を苦にして、経済的理由などがあげられるが、それだけで人はみずから死を選ぶわけではない。

何十年も苦しい闘病生活を続けている患者さんもいる。中小企業の経営者で、必死になって苦境《くきょう》を乗りこえようとがんばっている人たちも少なくない。

自殺への引きがねはいろいろあるはずだ。しかし、その背後にうつ病が土台としてある、という見方が広がってきた。

有名なニュース・キャスターや、俳優や、学者、芸術家などにもうつ病を体験し、そこから再起した人は多い。スポーツマンにもいる。皇室でもそのケースが重い問題としてのしかかっていることは、みなが憂慮《ゆうりょ》している事実だ。

以前、ある著名な科学者と対談をしたとき、

「自殺の原因の大半はうつ病です」

と、断言されて驚いたことがあった。

「うつ病は薬で治《なお》せます。問題は、うつ病という病気であることを、周囲や本人がはっきり自覚しない点ですね。医師ですらうつ病に対する十分な知識がない場合が多いですから」

そこまで言われると、やや心配な気もしてくるのだ。仙台市では行政がうつ病患者を発見し、治療するための体制づくりを始めたと新聞に報道されていた。

最近の困った問題の一つは、国民をやたらと病人にして、薬で治療させようとする動きが、政治がらみで目立ってきたことだ。

病人の数をふやすことは、犯罪における検挙率を高めるのとはちがう。正しい病人を病人として判定し、正しい治療を受けさせることは必要だろう。しかし、うつ病の場合には、病人か、それともうつ状態におちこんでいる普通の健常者かを判別することは、かなりむずかしく、きわどい作業なのではあるまいか。

また、自殺の原因がすべてうつ病にあるかのような見方にも、どこか危《あや》うさをおぼえずにはいられない。

しかし、今後ふえてくるだろう中高年の病気といえば、がんはともかくとして、まず第一はうつ病だろうと私は思う。

この病気の大変さは、なによりも周囲の人たちになかなか理解してもらえないことだ。

体の器官の変異《へんい》とちがって、外見からは判断しにくいこともある。その苦しみは本人にしかわからない。体験者の話を聞くと、思わずため息が出てくるほどである。

「神経衰弱《すいじゃく》、脳膜炎《のうまくえん》、金持ち坊《ぼっ》ちゃんノイローゼ」

などと悪ガキが良家の子供をからかって囃《はや》したてたりしたものだが、心の病《やまい》というものはどうしても贅沢《ぜいたく》な病気というふうにみられがちなものだ。

とりあえずうつ病がれっきとした病気であること、そして非常に厄介《やっかい》な病気であり、また簡単に治すことができにくい難病であることを、私たちははっきり知る必要があるだろう。

そして同時に、私たちがいつでも成人病を発病する可能性があるように、うつ病もまたすぐ身近《みぢか》にある病気であると思わなければならない。

おれはちゃんと定期検診を受けているから大丈夫、などという話は、ことうつ病に関しては通用しないのだ。また、ふだん健康管理に気をつかっているかいないかも関係がない。

どんなに煙草《たばこ》をやめ休肝日《きゅうかんび》を守っていたところでうつ病を避けられる保証はないのである。いや、そういう神経をつかうことがストレスになる可能性もある。要するに誰でも、いつでもうつ病になるときはなるのだ。

注意ぶかくストレスを排除して暮らすことは、それ自体がストレスなのだから。

ボケないために、また脳力アップのためにと、せっせと脳トレにはげんでいるうちに、ストンとうつの谷間におちこんでしまう危険性が大きい。記憶力や反射神経の衰《おとろ》えを自覚すればするほど、人はうつに接近していくのである。

ボケてしまえばうつ病は起こらない。うつ病はボケより手前に待ちかまえている怪物だ。そして、第三の人生、すなわち五十歳から七十五歳までの二十五年において、もっともおちいりやすい難病である。

初老性のうつ病、などと気軽に言う。しかし、本当のうつ病はそんな月並みな成人病とはちがう。真の人生の危機を体感するおそろしい友なのだ。

影のない世界など存在しない

さて、ではそんな厄介《やっかい》なうつ病にならないための工夫《くふう》はあるのか。少なくともそのリスクをへらす手段はあるのだろうか。脳力アップの脳トレのように、エクササイズやトレーニングをすることで避けられるものだろうか。

私は、ない、と思う。そう簡単に言ってしまえば身《み》もフタもないようだが、どう考えても、確実にうつ病にかからないための予防措置《そち》などない。

そもそも原因がはっきりしない病気なのだ。これが普通一般の病気ならば、ウイルスによる感染症であるとか、肥満が原因であるとか、アレルギー性のものであるとか、なにかしら原因があり、経過があり、結果がある。

いわゆる心の病《やまい》とされる統合失調症《とうごうしっちょうしょう》や、また認知症《にんちしょう》などにも、脳内物質の追究《ついきゅう》や心理的な分析が可能だ。しかし、うつ病の病因を正確に把握《はあく》することはむずかしい。人間の精神だけでなく、その存在の深い淵《ふち》にまで思いをいたさなければならない病だからである。

また、その人の生きている時代や、社会環境、夢や希望にまでかかわる側面があるのだから、とうてい簡単な予防手段などみつかるわけがないだろう。

要するに、人はうつ病になるときはなるのである。そして、その機会は第三の人生期において、もっとも多いと覚悟する必要がある。

私の考えでは、うつ病は将来もなくならない。いや、さらにふえていくにちがいない。そしてまた、どんなに医学や薬品が進歩したとしても、うつ病の治療は簡単ではないと思う。

なぜならば、うつという状態こそは、人間が生きていく上で欠かすことのできないひとつのエネルギーの姿だからである。

うつというのは、いわば影だ。影のない世界など存在しない。そして光がつよければつよいほど、影もまた濃《こ》いのである。逆にいえば、影の濃さが光のエネルギーを示しているのだ。

影のない光はない。また、影が存在するということは光があるということだ。いま私たちの住んでいる社会は、物理的に驚くほど明るくなった。目に見える闇《やみ》の部分が追放されたかのように感じられる。

私は先日、上海《シャンハイ》に行ったが、上海もまたじつに光り輝く都市だった。その夜景を眺《なが》めながら、その背後の闇の濃さを感じないわけにはいかなかった。

要するに明るいだけの世界、気持ちのいいだけの人生など、ない、ということだ。光がつよければ当然、影も濃いのである。

自然の天候を考えてみても、晴れの日もあれば曇りの日もある。雨も降れば、風も吹くのである。

まず、うつを親の敵《かたき》みたいに敵視しないことである。うつをえたいのしれない怪物のように恐れないことである。人はうつとともに生きるのだ、と覚悟することである。バネをきかせるためには、よく曲がる必要がある。跳躍《ちょうやく》するためには、膝《ひざ》を屈するることが不可欠だ。

明るさと暗さは、人生のパートナーなのであって、両方あることで成立すると考えたい。人はうつを感じる瞬間があって、生きているといえるのだ。

思えば私たちの人生そのものがなんともユーウツな存在ではある。仏教では不殺生《ふせつしよう》を教えるが、人間は動物や植物など他の生きものの命を奪《うば》うことでしか生きてはいけない。このことひとつを考えるだけでも、心がうつをおぼえて当然だろう。

私たちはふだんあまり物事をつきつめて考えることなく暮らしている。くよくよ考え始めたら一歩も前に進めない、ということもたしかだ。

しかし、頭でそれを考えずとも、人間の体は正直に、敏感に物事の本質を感じとっている。人間はいずれ死ぬものであり、他者を犠牲《ぎせい》にして生きのびるものだと感じている。この私たちの一瞬一瞬が死への休みない旅であることも感じている。

そんな生命の実体を、私たちはあまり直視しようとはしない。自分はいつまでも生きるつもりでいるのだ。

そして、ときおり体の奥からわきあがってくる奇妙《きみよう》な感覚をプレッシャーのように感じることがある。そこからえもいわれぬ不安感や、うつの感覚が這《は》いあがってくるだろう。

私たちが感じるふとしたうつの気配《けはい》は、人間としての裸《はだか》の真実に触れた瞬間のおびえのようなものかもしれない。それは不気味な感覚でもあり、不可解《ふかかい》な存在でもあるのだ。それこそがうつの正体である。そして、それは人間にとって重要な瞬間なのだ。

うつは人間の支えであると考える

きょうの夕刊を眺《なが》めていたら、うつを感じる人が病院を訪れて診察を受けることが少ないことに警告を発する記事が出ていた。

要するにうつを感じたらちゅうちょすることなく病院へ行き、専門の医師に診断《しんだん》をあおぎなさい、という医師の側からのすすめだ。

たしかに精神科や心療内科《しんりようないか》の門をくぐることには抵抗があるだろう。うつに悩む人が、自分の感じているものが病気だと考えたくない気持ちもわかる。正しい診断と、正しい治療が必要なことを十分理解した上で思うのだが、現代の医療は病人をつくることにはげんでいる傾向《けいこう》があるのではあるまいか。

血圧にしても、何度となく高血圧の基準が改定され、これまでなら正常と考えられた数値が異常とされるようになってきた。これを医学思想の進歩と手ばなしで礼讃《らいさん》することは、はたして正しいだろうか。

人間のうつとは、人間存在の根底にかかわる認識の問題でもある。それを見定めて、当人が病気であるかどうかを一定のガイドラインにそって判定することは、至難《しなん》のわざだろう。

骨折をしたとか、盲腸が異状をきたしているような場合とうつとは、別な次元の問題である。

うつを敵視し、それを悪と考えることをまずやめなければならない。うつは現代人の正しい心のありようなのだ。それをまったく感じないような人こそ病人だろう。問題は程度《ていど》のいかんにある。子供のころから「明るく」「元気で」と教育されて育った人には、うつに対する免疫力がない。

子供時代にちょっとしたケガをしたことのない大人が、大きな交通事故にあう傾向があるという論文を読んだことがある。

まず、うつは人間の支えである、と考える。今のような病んだ時代に、心が萎《な》えないほうがおかしいのだ、と知る。

生きるということは、楽しい一方ではなく、うつという重い荷物を背負って坂道を歩くがごとしと覚悟する。

その人間の運命的なうつを、自分は関係がないと内側に押しこめ、無視することからうつが病気に発展するのだ。

「衆生病《しゆじよう》むが故《ゆえ》に吾《われ》病む」というのは、慈悲《じひ》の心である。衆生病み、世間も病むいま、私たちの心が病まないわけがあろうか。

日々、うつを感じつつ生きることこそ、現代における人間らしい生きかたなのだ。

間違いだらけの呼吸法

呼吸は生命活動の根幹《こんかん》である

人が「イキル」とは、どういうことか。

こじつけめいているが、たぶんそれは「イキヲスル」ということではあるまいか。「生きる」とは「息をする」ということだ。「イノチ」という言葉を、「イキノミチ」と解釈した学者がいた。「息の道」である。

それもひょっとしたら当たっているかもしれない。語源としてはどうだかしらないが、意味はとおっている。

生きることをやめる、すなわち「死ぬ」ことを、「息絶える」という。「イキイキ」という表現も、息と関係がないわけではない。

息、すなわち呼吸が生命活動の根幹《こんかん》であることには誰しも異論《いろん》はないだろう。

食事を一週間とらなくとも、人間は死なない。三日、水を飲まなくてもなんとかなる。

しかし、三十分間呼吸を止めただけでも人は死ぬ。いや、十分でも普通の人なら失《しっ》神《しん》するだろう。

人間の生命活動で、もっとも重要なことは、呼吸するということだ。

私たちは起きて働いているときはもちろん、遊んでいても、休息していても、眠っていても、呼吸は休まないのである。一生、人間は息をしてすごし、息が止まったときに死ぬ。

こう考えてみると、自分の生存にかかわることの土台が、呼吸であるということが、いやおうなしに感じられてくるはずだ。

健康とか、養生《ようじょう》とかいう、さまざまな健康法はすべて、正常に円滑《えんかつ》に呼吸活動がおこなわれてこそ意味があることがわかってくる。

一日十二品目を食べろとか、ウォーキングが良いとか、サプリメントを摂取《せっしゅ》せよとか、年に二回は検査を受けろとか、コレステロールをへらせとか、いろんなことがいわれている。しかし、根本《こんぽん》の呼吸がちゃんとできていなければ、ぜんぜん意味がないのではないか。

もちろん、人間の生命活動は複雑だ。なにか一つのことだけに留意しておけば大丈夫などということはない。

栄養も大事、運動も必要、生活習慣にも気をつけなければならないのは当然のことである。

しかし、それを認めた上で、あえて生命活動に順位をつけるとしたら、トップにくるのは、なんといっても呼吸ではあるまいか。

たぶん、ほかのすべての養生法や健康法を律儀《りちぎ》に実行したとしても、呼吸がなおざりにされていたなら、正常な身体活動は保《たも》てない。

あらゆることを、それぞれに重要と認めながら、その上で優先順位をつけるとするならば、その第一番目にくるのがやはり呼吸である。この呼吸について、体験的に語ってみることにしよう。

父から学んだ養生法

私が呼吸法に興味をもつようになったのは、小学生のころのことである。思えばませたガキだったと思う。

父親は学校の教師だったが、あれこれ健康法に凝《こ》っていた時期があった。彼は師範《しはん》学校の生徒のころから剣道部の選手として活躍していたらしい。学生時代にすでに三段の免状をもらっていたというから、そこそこの腕だったのだろう。

武徳会《ぶとくかい》の役員などもやり、ふだんも稽古《けいこ》をおこたらず、私も子供のころから毎朝、庭にひっぱりだされて、切り返しの練習をやらせられたものである。

そんな父親は、また養生法にも熱心で、寝る前には必ず三里《さんり》の灸《きゅう》を両脚《りょうあし》にすえていた。

そのほかにも、体操や、乾布摩擦《かんぷまさつ》、禊《みそぎ》など、いろんなことをやっていた。禊というのは、水を頭からかぶって心身を清める一種の行《ぎょう》である。

そんなふうに片っぱしからなんでもやっていた父親が、かなり真剣に打ちこんでいたのが呼吸法だった。岡田式静座《せいざ》法などという入門書を読んでノートをとったり、どこかの道場に通《かよ》ったりもしていた。

当時、父が愛用していた健康器具の一つに、中山式のトレーニング器があった。幅《はば》広《ひろ》のベルトの中央に、金属の平べったい箱がついている道具である。

それを腹に巻いて、下腹部を思いきりふくらますと、チーンという澄んだ音が出る。要するに腹式呼吸に慣れるための練習器である。

ヘソの下のあたり、いわゆる臍下丹田《せいかたんでん》という部分に意識を集めて、大きく、深く息を吸う。下腹部に息を吸いこむつもりで腹をふくらませると、チーンと音がするのだ。そのあとゆっくり少しずつ鼻から息を吐いていく。

父親がいないときに、その器具を持ち出して、よく遊んだものだった。チーンという音をたてるのが、わけもなくおもしろかったのだろう。

そんな呼吸のしかたを腹式呼吸ということぐらいは知っていた。剣道で相手と竹刀《しない》をかまえて向きあったときにも、下腹部に重心をすえて、静かに長く息をととのえることが必要だ。

最初のうちは、腹式呼吸というのを誤解していた。腹に息を吸いこむのだと思っていたのである。

そのうち息を吸うのも吐くのも、実際には肺《はい》の仕事であるとわかってきた。下腹部をふくらませたり、しぼったりするのは、単に腹部と胸部のあいだにある横隔膜《おうかくまく》を動かして、肺の呼吸作用を助けるためであると仲間に教えられたのだ。

仲間といっても小学生の友人である。すでにそのころは小学校も、国策にそって国民学校と改称されていた。私たち子供も、国民学校の生徒として、少国民《しょうこくみん》などと呼ばれた時代だ。昭和十八、九年（一九四三、四四年）ぐらいの時代だろう。第二次世界大戦に突入してしばらく経《た》った時期である。

当時の仲間たちには、いろんなマニアがいた。陸海軍の戦闘機をはじめ、敵国であるアメリカ、イギリスの軍用機に熱中している子もいたし、忍術や古武道《こぶどう》のマニアもいた。

そんななかに、少数ではあるが呼吸法に関心をもつ変な子供たちもいたのである。彼らと一緒に、いろんな実験をする。たとえば防火用水の水中に顔をつっこんで、どれだけ長く息をしないでいられるか、などという遊びに興《きよう》ずるのも、その一つだった。

これはちょっとアブない実験である。約二千五百年むかし、ブッダが修行者として苦行《くぎよう》にはげんでいたころ、しきりに試《こころ》みた行《ぎよう》に、「断息《だんそく》」というのがあった。

これは断食《だんじき》、断眠などとならんで、苦行のなかでももっとも苛酷《かこく》な行の一つである。食を断《た》っても、人は数週間は耐えられる。眠らずに九日間をすごす苦行も、千日回峰《せんにちかいほう》行《ぎよう》のなかにある。

しかし、断息はどの苦行にもまして危険な行だった。七転八倒《しちてんばっとう》の苦痛に耐えて、なお息を止めていれば、ついには身体にこもった息が嵐《あらし》のような音を発して耳から噴出するという。極端な気道圧に耐えかねた息は、鼻腔《びこう》から耳管《じかん》に流れ出し、内耳を抜けて鼓膜《こまく》を破るのだ。

さらに耳を押さえて息の流出を止めると、頭頂に抜けようとする呼気《こき》は、烈《はげ》しい頭痛《ずつう》をともなって高熱を発し、全身が火のように火照《ほて》ると説《と》かれている。

それが危険なのは、準備のない断息が頭蓋内圧《ずがいないあつ》を異常に高め、脳出血の引きがねとなるからだ、と、『釈尊の呼吸法《しゃくそんのこきゅうほう》』のなかで村木弘昌《むらきひろまさ》氏は述べている。ゴータマは瞑想《めいそう》によって悟《さと》りに達する以前は、このような人間の限界に挑《いど》むような難行苦行《なんぎょうくぎょう》に日を送ったのだ。

そんな危険な断息を、子供がやるというのは、無智《むち》とはいえ無謀《むぼう》きわまりない遊びだった。今にして思えば、事故が起きなかったのは、幸運というべきだろうか。ともあれ、私はその断息遊びのチャンピオンだったのである。

その当時、というのは第二次世界大戦を日本が戦っていた一九四〇年代のことである。

当時は町内の各所に、防火用水槽《ぼうかようすいそう》というものがそなえつけてあった。空襲にそなえての消火のための施設である。

使われずにずっと放置されている水槽には、どろりとよどんだ水がたたえられていた。なかにはボーフラがわいている水槽もある。

そんな水槽のふたをはずして、子供たちはかわりばんこに水中に顔をつっこむのだ。

考えてみれば、非衛生的な遊びではあった。

そばでストップウォッチを持った一人が、どれだけ長く水中に顔をつけていられるかを計る。

肺活量の少ない子供は、すぐに顔をあげてしまうが、二分から長くて二分半というのが限界だったと思う。私はそんな仲間のなかでは、とくに息が長いほうだった。調子の悪いときで二分半はもった。最高で三分弱という記録は、ずっと破られることがなかった。

この原稿を書きながら、ためしに新幹線のなかで息を止めてみたら、情ないことに二分が精一杯である。必死でがんばれば二分半ぐらいはいけそうだが、脳出血が怖《こわ》いのでやめることにした。

くり返すが、この断息というやつはかなりの危険をともなう。ことに血圧の高いかたは、おやめになったほうがよい。

故・横山隆一《よこやまりゅういち》さんは、遊びの天才でいらした。鎌倉から東京へむかう電車のなかで、退屈《たいくつ》すると息を止めてタイムを計ったと、ご本人からうかがったことがある。

「ぼくが顔を真っ赤にして息を止めてるもんだから、むかいの座席の人がびっくりして見るんだよ。ずっとやってると、だんだん長くもつようになってくるもんだね」

と、笑っておられた顔が目に浮かぶ。

しかし、このように無理に呼吸を止めることは、「怒責《どせき》」といって、非常に危険なことであるらしい。

長い時間息を止めると、血圧や脈拍が上昇する。血圧の急激な上昇は、脳出血や心《しん》筋梗塞《きんこうそく》などの発作《ほっさ》の原因になるといわれている。

苦行時代の初期にブッダが試みた断息行《だんそくぎょう》は、マイナスの結果しかもたらさなかった。脳細胞の正しい働きを阻害《そがい》し、悟りをひらくどころか、逆の錯乱《さくらん》状態が生じる結果となったのだ。

呼吸についてのブッダの教え

二十九歳にして家を出たブッダは、放浪《ほうろう》修行者の一人として、山林《さんりん》でさまざまな苦《く》行《ぎょう》にはげんだ。その期間は六年におよんだという。

息の作用をコントロールする苦行も、その一つだった。そして危険きわまりない断《だん》息《そく》、止息《しそく》などの苦行のすえ、ようやく呼吸に対する正しい考えかたを確立するにいたる。それは命がけの実践《じっせん》のすえに到達した呼吸理論である。机の上の勉強や思索《しさく》によって獲得した理論ではない。ブッダは体験によって実証しえない空想的な理論を、決して語ろうとしなかった。

のちに苦行から瞑想《めいそう》にうつり、いわゆる悟《さと》りをえたのちに、ブッダが若き友、アーナンダに語った言葉が、仏説《ぶっせつ》としてまとめられ、ひとつの経典《きょうてん》として編まれた。

アーナンダは独創性のある弟子《でし》ではなかったが、そのかわり抜群の記憶力の持主だったらしい。しかも、彼は自分が十分に理解できなかったブッダの言葉については、くり返し質問し、徹底的に納得《なっとく》するまで話を聞くことを自分のやりかたとして手放さなかった。

「如是我聞《にょぜがもん》」

という最初の言葉の重さと真実味《しんじつみ》は、そんなアーナンダの性格の慎重《しんちょう》さに負うところが大きいように思う。

基礎的な初期経典は、この「如是我聞」で始まる。「私はこのように師の教えを聞いた」「ブッダはこうおっしゃった」というわけだ。

キリストも、孔子《こうし》も、ソクラテスも、ブッダも、一冊の本も一行の文章も書いてはいない。彼らは語る人だった。それを聞いた人間が、「師はこうおっしゃっていた」と報告するだけである。

他の者たちが、その内容を吟味《ぎんみ》し、真実であることを確認して文字にする。それが聖典であり、経と呼ばれる仏典である。

それが真実であるためには、三つの条件がある。

まず、正確でなければならない。次は、直接に対面して語られた言葉でなくてはならない。また聞きではだめなのだ。

三番目は、そこに自分の主観を一切《いっさい》まじえてはならない。自分を無にして、語られたことを忠実に再現する。

これはむずかしいことである。

アーナンダという、もっとも身近《みぢか》にブッダにつかえた弟子であり、世話人であり、従弟《いとこ》である人物によって、奇蹟《きせき》的にそれが可能となった。呼吸に関する教え、『安息《あんそく》経《きょう》』も、彼によって伝えられたブッダの言葉である。

このブッダの呼吸についての教えは、中国では「大安般守意経《だいあんばんしゅいきょう》」と訳された。耳にしただけではなんのことやらさっぱりわからない。字を見ると、かえって混乱しそうである。よほど難解な経典のような感じだが、もとのタイトルはすこぶるシンプルである。

「アナパーナ・サチ」と表記している場合もあり、「アーナーパーナサティ・スートラ」としている場合もある。もともとはパーリ語で書かれたものだそうだ。パーリ語だと「スートラ」は「スッタ」であるらしい。

私たちが手に入れて読むことのできる入門書は、『釈尊《しゃくそん》の呼吸法』（村木弘昌著）と、『呼吸による癒し』（ラリー・ローゼンバーグ著・井上ウィマラ訳）の二冊で、ともに春秋社から刊行されている。『呼吸による癒し』の原題は『BREATH by BREATH』

で、このほうが自然な気がしないでもない。

この二冊は、ともにユニークな本である。

呼吸に関する本は山のようにあるが、ブッダにさかのぼって呼吸を考察するだけでなく、すこぶる実践《じっせん》的な教導の書でもある。

「アナパーナ・サチ」でも、「アーナーパーナサティ・スートラ」でも、どちらでもかまわないが、とりあえず和訳するとしたらどう訳するのが自然だろうか。村木氏はさまざまに考察した結果、「出息《しゅっそく》」、すなわち吐く息を主体とした呼吸法であるとする。

「サティ」「サチ」について、井上ウィマラ氏は、「今ここで自分の内外に起こっていることをありのままに気づいている心の作用」としており、「サティ」を「気づき」と訳しておられる。

たしか中村元《なかむらはじめ》氏だったと思うが、チベットの寺で修行中の少年が運んでいた食器をとり落としかけたら、先輩の僧が、

「サティ、サティ」

と声をかけた話を紹介されていた。たぶん、「気をつけて」とか「注意せよ」とか

いう意味であったにちがいない。大切なことを意識する、というような意味もあるのだろうか。「守意《しゅい》」と漢訳されたのも、なるほどとうなずける。

要するに「呼吸について心がけること」「呼吸に関して知るべきこと」とでも理解しておけば、ほぼ間違いではあるまい。呼吸には、ふだん私たちが気づいていない重要な真理がひそんでいるのだ、それに気づいて、しっかり意識しなさい、ということだろう。

「よりよく生きる」をめざす行《ぎょう》

さて、このブッダの呼吸についての教えの構成は、いかにもインド的である。始めもなければ終わりもない、といった感じの日本的な世界とは対照的に、どこまでも論理的、かつ構造的だ。

それぞれ四つの考察がワンセットになっていて、それが四セットで十六の段階を構成する。とことん理づめであるのが、ブッダの教えの特徴なのだ。

呼吸のみならず、ブッダの教えの根本《こんぽん》原理も、また四つの真理として提示されることは、周知のとおりである。いわゆる「生の苦しみ」「その原因」「それを終わらせること」、そして「その方法」の四つである。

呼吸についての教えの根本は、「呼吸を感じつつ呼吸する」ということだろう。私たちはほとんど無意識に息をしている。

しかし、その「息をする」ということに意識を集中し、それを深く感じるということは、そう簡単なことではない。

古来、呼吸を意識するための方法が、いくつも語られてきた。長く息を吐き、短く吸う、とか、腹式呼吸は下腹部に意識を集中させる、などといった注意である。

もっとも大きな間違いの一つは、腹式呼吸を試みる人の多くが、息を腹に吸いこむと錯覚《さっかく》していることだ。

腹も、下腹部も、呼吸する器官ではない。息を吸うのも吐くのも、肺の仕事である。肺全体に十分に息を注入し、肺をからっぽにして息を吐くことが呼吸なのだ。下腹部に意識を集中させるのも、腹部をふくらませたりへこませたりするのも、肺呼吸をたすける手段にすぎない。

下腹部に意識を集中させるのは大事だが、そのために肝心の肺の作用を意識することを忘れてしまっては意味がないのである。

おそらく私たちは肺全体の三分の二くらいか、ひょっとすると半分ほどしか活用していないのではないかと感じるときがある。肺のすみずみまで吸気《きゅうき》がゆきわたり、吐くときにはすべての部分から余《あま》すことなく呼気《こき》が吐きつくされることが大事なのだ。自分の肺を意識し、その動きを感じること。それを忘れるべきではない。

呼吸にせよ、ストレッチにせよ、養生《ようじょう》のための行《ぎょう》である。行というのは修行という意味だ。行と運動とはちがう。

以前、千日回峰行《せんにちかいほうぎょう》を達成した行者《ぎょうじゃ》さんと対談をしたことがあった。信じられないほどの超人間的な身体能力の発揮ぶりに驚嘆《きょうたん》した。そして、

「こんなことが可能なら、オリンピックに出る選手たちを呼んで、トレーニングさせればいいですね」

と、言ったところ、苦笑してこう応じられた。

「それは無理でしょう。わたしらのやっているのは行ですから、修行とスポーツとはちがいます。信心をきわめるための行なんです」

その言葉を借りるなら、「健康法」と「養生」とはちがう。コンディションのいい身体をつくるためにやるのが「健康法」で、「養生」は生きることの意味を実感するための行なのだ。

ブッダの教える呼吸法は、ただの身体のトレーニングではない。

「生きている自分」に気づき、「よりよく生きる」ことをめざす行である。そこをちゃんとおさえなければ、呼吸をする意味がないのである。おさえる、という言いかたをしたが、それを「気づき《サティ》」というのだろう。

よく健康トレーニングの指導者のなかで、

「五分間、左右交互《さゆうこうご》にこの運動をやります。テレビを見ながらでもかまいません。毎日、欠かさず続けましょう」

などと教えていることがある。

これはあきらかに間違っていると私は思う。かりに手足を動かしていたとしても、意識はテレビの画面のほうへいっているからだ。それでは「サティ」が不在《ふざい》になってしまう。「心する」「気づく」「意識する」「注意を集中する」ことに欠けたトレーニングは、大して意味がない。

ブッダは教える。

「息を吸うときには、息を吸っている自分に気づこう(意識を集中させよう)。吐いているときには、吐いている自分に気づこう。歓《よろこ》びを感じながら息をしよう。心を感じつつ、心を静めて呼吸しよう。心を安定させ、心を自由にとき放つように息をしよう。そして、無常を感じ、生の消滅を感じ、自己を手放すことを意識しつつ呼吸しよう」と。

呼吸をおろそかにして人生はない

ある時期、呼吸法がブームの観を呈《てい》したことがあった。呼吸法に関する本も次々と出版され、呼吸法が一般の人びとの話題となることも多かった。

明治以来、呼吸法のブームは、しばしば訪れている。時代の閉塞感《へいそくかん》がつよくなると呼吸法がはやる、という気もしないでもない。

しかし、呼吸法にブームはあっても、呼吸そのものはブームとは無関係である。いつの世にも人間は呼吸をして生きる。赤ん坊も、老人もそうだ。

オギャアと生まれて最初の息は呼気《こき》、すなわち吐く息である。人が死ぬ際には、グッと息を吸いこんで、そのまま息絶える、と多くの死者をみとった医師が書いていた。すなわち吐く息が生命であり、息絶えるとは、息を吐かなくなる状態をいうのだろう。死ぬことを「息を引きとる」というのは、それだろう。吸った息を吐く力がなくなったときが、人間の死だ。

オギャアと吐いて生き始め、ウッと吸いこんで終わる。吐く息、すなわち呼気が生のあかしであり、吸う息、すなわち吸気《きゅうき》が終わりである。

古来、呼吸法を、吐く息から考えることが多いのは、理にかなっている。ちゃんと吐けば、吸気はなにもしなくとも自然に流れこんでくるだろう。

千日回峰行の行者たちが、どうしてあれほどの少ないカロリーで苛酷《かこく》な運動に耐えうるかは、私の年来の疑問だった。

インプットするカロリーと、消費するエネルギーの計算が合わないのだ。まして、一日に十二種類の食物をバランスよくとる、などという話は、まったく関係がない。思うに、日ごろ、わたしたちは摂取《せっしゅ》した食品の本当の量の何分の一かしか自分のなかにとりこんでいないのではないか。食べたもののすべてを完全にエネルギーに変えることができるなら、いまの何分の一かの食物の摂取で十分なのかもしれない。

呼吸にしてもそうだ。私たちは単純に、呼吸とは酸素を吸って二酸化炭素を吐く、と考えている。

しかし、私たちが吐く息にも、まだ酸素は含まれているという。吸った息を十二分に、余《あま》すところなく活用することは、実際にはかなり困難なことらしい。しかし、もし、それを可能にすれば、呼吸の効率は一気に向上するのではあるまいか。

吐く息を中心に考えるということは、なにも吸う息をなおざりにすることではない。吐気《とき》の側から吸気をみると、自然にその相互作用があきらかになってくるということだ。

吐く息を考えることは、当然、呼吸だけでなく、吐く息をともなう運動を考えることでもある。

カラオケでうたうのも、たしかに腹式呼吸の実践《じっせん》だろう。しかし、発声をともなう呼吸運動にはさらに奥深い世界がみえてくる。

仏教の僧は読経《どきょう》というものをする。あれを観察していると、腹の底から長く長く念《ねん》仏《ぶつ》をとなえ、瞬間的に短く息を吸い、ふたたび長い称名念仏《しょうみょうねんぶつ》を続ける。

最近では甲高《かんだか》い声で、いっこうに有難味《ありがたみ》のない読経をする若いお坊さんも多いが、むかしの僧侶《そうりょ》はよく響く低音で、思わず頭がさがってくるような経を読んだものだった。

日蓮宗《にちれんしゅう》のお題目《だいもく》にせよ、念仏にせよ、あれを長時間続けることは、凄《すご》い呼吸の実践である。それとともに、そこに念ずる心がはたらいているとなれば、より深い呼吸になるだろう。

心に感じつつ呼吸せよ、というブッダの教えを、つねに忘れずにおこなうことはむずかしい。そこに真言《しんごん》なり、お題目なり、念仏なりがあれば、おのずと祈念《きねん》する心が呼吸によりそう。

ただのトレーニングとしての呼吸法は、一種の運動にすぎない。べつにむずかしいことを考える必要もないが、息をしている自分、というものを意識しない呼吸に、大した効用はないのではあるまいか。

呼吸。

これほど身近にある不思議はない。どこまでも奥深い無限の世界である。この世界に関心をもち、その息のひとつひとつに興味をおぼえるとき、生きていることの意味は、ここにあるのではないか、とすら思われてくる。

呼吸は人が生きる基本である。そこをおろそかにして人生はない。若い人も、老年に達した人も、みな同じように呼吸する。その呼吸に着目《ちゃくもく》し、さまざまに呼吸をためしてみることになんの制限もない。

貧しき者も、富める者も、すべて呼吸する生きものである。どのように呼吸するかをノウハウとして手軽にマスターするよりも、もっと深いところで呼吸と触れあうとき、私たちの日常が少しちがってみえてくる。

その少し、ということが重要なのだ。

まず呼吸の意味に「気づき」、それをおこなうこと。それは現代における大きな冒険なのである。

死は前よりはきたらず

穏《おだ》やかに死を迎えるために

「死は前よりしもきたらず」

とは、吉田《よしだ》兼好《けんこう》の言葉である。この後には次のような文句《もんく》が続く。

「かねてうしろに迫《せま》れり」

死というものに対して、私たちはふだんはあまり実感がない。平均寿命という言葉は知っていても、自分と結びつけて考えようとはしない。人間がいつか死ぬものと知っていながら、それを現実の問題としては、なかなか考えないものなのだ。

それが人間の愚《おろ》かしさだ、という人もいるだろう。しかし、私はそうは思わない。それどころか、人間という生物の巧《たく》みな智恵《ちえ》かもしれないと感じることがある。だいいち、日常生活のなかで絶えず死を意識していたのでは、暮らしていけないだろう。

将来の計画もたてることができず、夢をもつこともむずかしい。人間とはそういう存在なのだ。だから、死が目前に迫るまで死を考えることがない。いや、目前に迫ってもなお死を認めようとしないのだ。

それこそが生命力というものの原動力だろう。死を意識の外におくことで、人は日々その実生活を持続《じぞく》させることが可能なのである。

しかし、死は実在する。そして、ずっと前方にぽつんと姿をあらわし、徐々《じょじょ》に近づいてくるわけではない。

私たちが死を忘れ、それを意識の外に放置して実生活にうつつをぬかしているそのとき、死は背後に音もなく忍び寄ってきている。そしてポンと肩を叩《たた》いて、

「時間ですよ」

と、無愛想《ぶあいそう》に知らせるのだ。

「死は前からはこない」

ということを、実感としてしっかり確認した上で、実生活をなげうつことなく元気に続けていけるとしたら、どんなにいいだろう。

私は人間は五十歳になったあたりから、そのことを真剣に考える必要があると思うのだ。なぜなら、よく生きたということは、最後をよくしめくくってこそ「良き人生」といえるからである。

どんなに華やかに生きたとしても、最後に無残な死を迎えて苦しむのでは、とうていよく生きたとはいえないだろう。

もちろん一方で、そんなドタバタ劇を演じてこそ人間くさい生きかたじゃないか、という意見があることは、先刻承知の上だ。恰好《かっこう》よく世を去るなんて、それこそカッコ悪い、という見方にも一理ある。

だが、私はそれを良家のボンの悪ぶった言いかただと、かねがね思ってきた。やはり大事なのは、穏《おだ》やかに死を迎えることだろう。

死という字には、どこか怖い感じがつきまとう。不吉《ふきつ》なイメージもある。

以前、ある先輩作家から聞いた話だが、色紙《しきし》にまつわるエピソードだ。

有名作家が講演に出かけるとき、むかしは最近とちがって日帰りなどということはなかった。出版社主催の文化講演会が地方であったりすると大変だった。

数人の作家、画家、評論家などとともに、出版社の担当者はもちろん、役員クラスの偉いさんが数人随行《ずいこう》するのが常だった。文春などでは池島信平《いけじましんぺい》さんまで加わって、ご一行様でにぎやかに旅したこともあった。

宿に泊まると、翌朝、なぜか色紙が出てくる。私は色紙が苦手で、ほとんど書いたことがない。角《かど》が立っても、お断わりして、そのかわり本に署名してさしあげることにしていた。

ところが作家によっては、色紙をお願いしないと機嫌《きげん》が悪い人がいるという。宿のほうで何枚もの色紙を出すと、待ってましたとばかり持参の揮毫《きごう》の用具をとりだして、じつに巧《たく》みな絵と言葉をそえる。

しかし、おおむね若い作家は色紙が苦手な様子だった。その色紙が浴場の脱衣場の壁や、食堂などに掲《かか》げてあったりすると、なんともいえない気分になる。

丹羽文雄《にわふみお》さんは、それがいやで、あるとき色紙を頼まれて、

「死」

という一字を書いて渡したのだそうだ。

「これなら床の間《とこのま》や店に飾られることはないだろう」

と、笑っておられたというのだが、はたしてどうだったのだろう。しかし、よほどのヒネクレ者でない限り、客商売の店が、「死」という色紙を飾ったりはしないと思う。

それは「死」は縁起《えんぎ》が良くない、というイメージが定着しているからにほかならない。死といえば、不吉、という連想がはたらく。しかし、はたして死はそれほど嫌悪《けんお》すべきものなのだろうか。

古代日本における死のイメージも、また不吉なものだった。神話に出てくる死後の世界も、暗く、おそろしい。死がそのような不吉な影から解放されるのは、源信《げんしん》、法然《ほうねん》、親鸞《しんらん》など、日本浄土教《じょうどきょう》の始祖《しそ》たちが登場してからのことではあるまいか。

かなり前のことになるが、『うらやましい死にかた』という本を文春から出したことがある。

文春本誌で、読者から募集した実体験を一冊にまとめたものだ。

応募してきた手記《しゅき》のなかには、なんともいえず感動的な実例もあった。それぞれに家族や友人といった身《み》近《ぢか》な人の死をみとった体験記である。

それらのなかには、日本人の死にかたをあらためて感じさせてくれるケースが数多くあった。むかしの武士とか、軍人や宗教家たちではない、ごく普通の一般庶民の死にかたである。

周囲の人びとを、

「泣くな。おれは浄土《じょうど》へいくぞ」

と、叱《しか》って息絶えた念仏者の話もあり、皆に感謝しつつ静かに息を引きとった老婦人の話もあった。

そのなかで印象的《いんしょうてき》だったのは、浄土教系の門徒《もんと》の死の迎えかたである。すべての人がそうであるとは限らないが、死を「浄土に迎えられること」と考え、それを信じて死んでいく人びとは少なくない。

「死ねば人はチリになる」

と、いうのもひとつの信念である。事実、そのとおりかもしれない。しかし、それがフィクションであったとしても、チリやゴミと化す自分を想像するよりは、光のなかに迎えられるシーンを思い描くほうが一般人には幸せだろう。ましてつよい信仰心《しんこうしん》に支えられているとすれば、なおさらである。

私自身、六十歳をこえたころから、絶えず死というものを意識しながら暮らしてきた。病気に限らず、死は日常生活のなかに絶えず迫《せま》っている実感があった。

私は一日に何度となくタクシーに乗る。そのつど、この車がトラックと衝突したらどうなるかと、考えないわけにはいかない。タクシーの事故というのは、私たちが想像する以上に多いのである。

例のJRの福知山線《ふくちやません》の事故でも、知己《ちき》を失った。大学時代のクラスメイトも、あいついで亡くなっている。ほとんど死と隣り合わせの毎日だという気がする。

いつも気になるのは、仕事部屋や寝室のことだ。これを片付けなければ死んでも死にきれない、と思う。それでいながら、日々、雑事《ざつじ》に追われて日が過ぎていくのだから、困ったものである。

気持ちよく死ぬことは可能か

死、一般と、自分の死とはちがう。

死を論議することはできても、自分が実際に死と向きあうことになったときの反応は、とうてい想像することはできない。

死は前よりはこない、と書きながら、実際にはずっとむこうにあるものとして考えている。

私が興味があるのは、

「残念ですが、あなたの余命《よめい》はあと三カ月です」

と、はっきり宣告されたときの自分の反応だ。

「そうですか。わかりました」

と、淡々《たんたん》とそれを受けとめることができるだろうか。それとも反射的にうろたえて、予期していなかった狼狽《ろうばい》ぶりをさらすだろうか。パニックにおちいって、頭のなかが真っ白になってしまうということも考えられる。

これが四十歳だったり、五十歳だったりしたら、さぞかし無念《むねん》だろう。六十歳であったとしても、人生に未練《みれん》はのこる。

しかし、七十歳をこえてからは、少しは納得《なっとく》して死を受け入れることができそうな気もする。

とはいうものの、九十歳、百歳になっても人は死にたくないらしい。病院でそんな高齢の患者さんの姿を見るたびに、生命への執着《しゅうちゃく》は年齢に関係ないものなのだな、と感じるのだ。

しかし、人間は寿命というものにしたがわなければならない。人生五十年という。それを過ぎたあとは、天命《てんめい》というものを考えていいのかもしれない。

「見るべきものは、すべて見つ」

と、いうようにはいかないのが人生だ。少しでも生きのびようというのが、生物の盲目的な衝動なのだろうか。

しかし、それでもなお私の心の内には、死を納得して受容したい、という願望がある。

生まれてきたのは自分の決意でもなく、選択でもない。『リア王』のなかのセリフのように、「なにものとも知れない力によって、この世に送り出されてきた」のだ。とすれば、せめて人生の幕を引くときぐらいは、一個の主体として選択できないものだろうか。

「あと三カ月」と宣告されたとき、それを無言《むごん》で受け入れるためには、どうすればいいのだろう。そのことをずっと考えつづけてきた。

「よく死ぬことを考えるより、よく生きることを考えるべきじゃないか」

と、ある人に忠告された。

「『生きるヒント』などという本を書いたイツキくんらしくないね」

なるほど、そういう本もたしかに書いている。しかし、死を考えることを、いわゆるマイナス思考だとは私は思っていない。

「よく生きる」

ということは、ひっきょう、

「よく死ぬこと」

と同じだろうと思うからだ。要は生の側から生きることを考えるか、死の側から眺めるかの違いだけで、ともに「よりよく生きる」ことをめざすことに違いはない。

人生の前半は、生をみつめて生きる。先に結構ながい人生がひかえているからだ。後半にさしかかると、いやでもゴールが見えてくる。平均寿命がのびたところで、大した違いはない。いずれすべての人が、死と向きあわなければならない。

「気持ちよく死ぬ」

「希望を抱《いだ》いて死ぬ」

などということが、実際に可能だろうか。人は人生という厄介《やっかい》な時期を、さまざまに苦しみつつ生きる。そんなことは一度もなかった、人生は楽しみにみちている、と反論する人には言う言葉はない。

あなたは幸運でよかったですね、と、無言でうなずくのみだ。

しかし、たぶん多くの人びとはなんらかの苦しみを背負って生きる。

その悩み多き人生の最後の幕切れが病《やまい》と苦痛と絶望であるとすれば、私には納得がいかない。

老いることは、必然的に心身ともに錆《さ》びついていくことだ。体の各所に言うに言えない不具合《ふぐあい》が生じてくる。私自身、そのことで思わず舌打ちするような日々の連続である。

それでもまだ、自分の足で歩き、トイレに行き、自分の歯でものを嚙《か》めるあいだはいい。他人に介護されなければ日常生活もままならぬ日々をすごしたのち、人は病に倒れて死ぬ。逆であればいいのに、と思わずにはいられない。長く苦しみに耐えて生きた者に、少しずつ元気な体と、いきいきした心とをあたえてくれる、そんな人生であればと思う。

要は気持ちのもちかただよ、という声がきこえる。しかし、その声に励《はげ》まされる余力《よりょく》は、すでにないのである。

人生五十年説をふり返る

「人生五十年」という真実

最近では「人生五十年」などという言葉は、ほとんど聞かなくなった。五十代は、まだ現役《げんえき》のバリバリと思われている。

まわりからもそうみられるし、本人も当然、そのつもりだろう。しかし、将来、平均寿命が九十歳、百歳になったところで、五十歳が、人間のひとつの節目《ふしめ》であることには変わりはないような気がする。

先日も若い友人が歎《なげ》いていた。もちろん若いといっても、私よりうんと下の世代である。たぶん五十代のなかばだろう。

「歯医者に行ったんですが、ひどいことを言われましてね」

「ほう。どんなひどいことを言われたんだい?」

「どうしてこんなに次々に歯に不具合《ふぐあい》が出るんでしょう、と質問したところが——」

「うん」

「若い歯科医が、笑って答えたんですよ。そりゃあ人間の体の各部分は、だいたい五十年ぐらいはもつように作られてるわけですから、それを過ぎると全部いっせいに不具合が生じてきます。耐用期限切れですから仕方がないでしょう、って」

「うーむ」

「期限切れはひどいじゃないですか」

「まあ、たしかに」

相手の憤懣《ふんまん》に共感しつつも、いっぽうで歯科医の身《み》もフタもない言いかたに妙なリアリティーを感じてしまうところがあった。

「人生五十年」というのは、今もむかしも、ある真実を言いあてているような気がしないでもない。それは「人は五十年生きる」ということではなく、現在では、「五十年はなんとかまともに生きられる」という意味にとってもよさそうだ。

五十歳になるまでは、老眼鏡なしでも、無理をすれば新聞ぐらいは読めた。駅の階段も二段跳びで上《のぼ》ることができた。歯の具合《ぐあい》も、まあまあだった。徹夜もそれほどこたえなかった。
下戸《げこ》なりに酒も呑《の》めたし、夜明けに焼肉屋でカルビ三人前くらい食べても平気だった。
それも五十歳前後までである。その後は一気に坂道を転げ落ちる実感があった。

オマケの人生、だからこそ自由

こうしてふり返ってみると、「人生五十年」という言葉も、残念ながらうなずけるところがないではない。

たしかにむかしは五十年が人間の寿命だったのかもしれない。だが今は百年生きることも夢ではない。しかし、五十年間はとりあえずまともに動くように作られている存在、とおのれを考えれば、あとは口惜《くや》しくとも、耐用期限は過ぎたと認めるしかないだろう。

それは、よく耳にする「オマケの人生」である。八十代まで生きるにせよ、九十代までがんばるにせよ、五十過ぎの時間がオマケであることは事実だろう。

オマケと考えれば、どう生きようと勝手ではないか。あーあ、ついに耐用期間を過ぎたか、と、ため息をつくより、突然、これまでに感じたことのなかった自由な解放感をおぼえたほうが得である。

なすべきことはなせり、見るべきことは見つ、とまではいかずとも、オマケとなればどう生きようとこちらの自由だ。はたから文句《もんく》をつけられる筋合いではなかろう。

会社や組織に属している人間は、五十歳で定年退職するのが理想だと思う。六十歳ではおそいのだ。

人体の各部が五十年をめどに作られているのなら、その辺で働くのはやめにしたい。あとは好きで仕事をするか、自由に生きる。働きたい人は働く。しかし、それは暮らしのためではない。生きる楽しみとして働くのだ。楽しみとは趣味であり、道楽である。趣味も道楽も、金を稼《かせ》ぐ道ではなく、逆につぎこむ世界だ。その日のために五十歳まで営々《えいえい》と額《ひたい》に汗して働いてきたのではないか。

私が言っていることは、要するに夢である。ひとつの願望として発言しているのだ。しかし、本当はこうあるべきだと理想を捨てずに働くことと、最初から夢は無駄《むだ》だと決めこんで生きるのとはちがう。

できれば生活のために働くのは、五十歳で終わりにしたい。社会への義務も、家庭への責任も、ぜんぶはたし終えた自由の身として五十歳を迎えたいのだ。

生まれてから二十五年間は、親や国に育ててもらう。それから五十歳までの二十五年間を、妻や子供を養《やしな》い、国や社会に恩を返す。できることなら、後半生を支えるプランを確立し、早くから五十で身軽になることを宣言しておく。

五十歳を迎えたら、耐用期限を過ぎた心身《しんしん》をいたわりつつ、楽しんで暮らす。それが理想だ。私自身は、いちど五十歳でリタイアしたが、また同じ生活にもどってしまった。おそまきながら最近ようやく「林住期」のペースがつかめてきたように思う。

息せききって走っているように周囲からはみられがちだが、じつはそうでもない。ぶつぶつ文句を言いながらも、おもしろがって生きている。大事なことに気づくのが二十五年おそかったということだ。

「お元気ですね」

と、ときたま人に言われるが、ぜんぜん元気ではない。耐用期限をとっくのむかしに過ぎた心身を、あれこれ工夫《くふう》してメンテナンスしつつなんとか走らせている。

最近では、フランス料理などごちそうになると、二、三日、胃にもたれる感じが抜けない。夜明けのカルビなど、とうてい無理だ。

五十歳が境目《さかいめ》。

そのことから目をそらすことなく人生のプランを構築する必要がある、と、おそまきながら思う。

「林住期」の退屈《たいくつ》を楽しむ

退屈なときこそ貴重な時間

退屈《たいくつ》なときにはなにをすればよいか。

退屈そのものを、じっくりあじわうのもいいだろう。

「ああ、退屈だなあ」

などとつぶやきながら鼻毛を抜く。かなり贅沢《ぜいたく》な時間のような気もする。

そういう贅沢は、仕事に追われて日々をすごしている人には、あじわうことができない。今の時代に退屈を感じることは、それ自体ひとつの特権である。

退屈な時間をどうすごすか、などと考えることは、本当は素晴らしく幸福なことなのだ。

私は若いころ、退屈な時間をもてあますことが多かった。それがどんなに貴重《きちよう》な時間であるか、考えもせずに無聊《ぶりよう》をかこっていた。

やがて年をとるにつれて、退屈な時間を楽しむすべをおぼえてきた。

今は退屈なときこそ、本当に生きている貴重な時間のように感じている。

「イツキさんのように、年中息せききってとび回っていて、退屈な時間なんてあるんですか？」

と、きかれたことがある。これが、あるんですね。忙《いそが》しければ忙しいほど、退屈する時間もあるというのは、不思議なようだが事実である。

きのうも金沢から大阪へむかう北陸本線の列車のなかで、めっぽう退屈した。

北陸本線、それも夜の列車というのは、なんとなくさびしい感じがして悪くない。

〽暗い夜汽車で――

などと、歌謡曲の文句《もんく》がつい口からこぼれるのも、日本海ぞいの旅なればこそである。
いつものように金沢―大阪間の時間を計算して、原稿を一本書きあげるつもりだった。ペットボトルのお茶をのみ、金沢で土産《みやげ》にもらったあんころ餅《もち》をつまみ、原稿用紙にむかう。

これが意外にはかどって、敦賀《つるが》につく前に仕上がってしまった。

ふと気がつくと車内にアナウンスが流れている。

どうやら強風のため列車がコースを変更して大阪へむかうらしい。本来なら琵琶湖《びわこ》の湖西《こせい》へ行くはずが、米原《まいばら》回りになるというのだ。

どうせ夜中なので車窓の景色《けしき》を楽しむこともできない。どこを通ろうがいっこうにかまわないのだが、三十分以上時間がかかるというのには困った。おそくつくとホテルのルームサービスが終わっている場合があるのだ。

原稿は予定より早くできたし、ほとんど乗客のいない列車にぽつんと坐《すわ》って、どうすればいいいか。

年の功の退屈退治

原稿を書いた直後は、本を読むということはしない。頭の芯《しん》が過熱して、活字なんぞ読む気がしないのである。

ここで退屈が生じた。外は暗い。街《まち》の灯《ひ》も見えない。車内販売の娘さんも回ってこない。カバンのなかからｉＰｏｄをとりだして、イアホーンを耳の穴にさしこむが、チェット・ベーカーの歌を聴いていると妙にさびしくなってくる。それにこんど持ってきたシュアーのＭ５というイアホーンが耳にしっくりフィットしなくて、どうも落着かない。

むかしはこういうときにいらいらしたものだが、今はカメの甲より年の功だ。すぐに退屈退治の第一項にとりかかった。

まず車内に人がいないのをたしかめて、靴をぬぎ、靴下をぬぐ。

車内灯のあかりのなかで、じっくり左右の足を点検する。それから左足から先に、足指を思いきり開放してみる。五本の足の指を、八ッ手《やつで》のようにパッと開くのだ。

これがなかなかきれいに開かない。左足の小指は十分にオープンするのだが、親指がいまひとつスムーズに開いてくれないのである。

右手で足の親指を摑んで、くり返し外側へひっぱる。何度もやっているうちに、親指に自主的な感覚がもどってきて、ある程度《ていど》動くようになってきた。

足の指というのは、一般に上下には自由に動くが、左右にはあまり動かない。しかし、気を入れて練習していると、少しずつこちらの意志にしたがって動くようになってくるものなのだ。

なんで足の指などを開く練習をしてきたかというと、十五年ほど前に、有名な登山家から聞いた話がきっかけだった。チベットの高山地帯を歩くとき、プロ用の靴のツールでも不意《ふい》に滑ってヒヤリとすることがあるのだそうだ。しかし、重い荷物を山のように背負った現地のシェルパは、ぜんぜんそんなことがない。

不思議に思って、よく注意して観察していると、彼らのはだしの足の指が、滑りそうになった一瞬、八ッ手のようにパッと開いて路面を摑む。その自在な動きは見事としか言いようがなかった、という話だった。

それ以来、足の指がパッと八ッ手のように開くイメージが私の頭のなかに焼きついて、離れなくなってしまった。

そのあげく、ひまさえあれば左右の足指を扇《おうぎ》のように開くトレーニングを続けてきたのだ。十年ほどやっているうちに、八ッ手のようにとはいかないが、かなり気持ちよく開放できるようになってきた。

よく観察していると、左右の指では動きがちがう。形もちがう。くせもある。体調のいいときと悪いときでは、指間距離《しかんきょり》も差が出てくる。など、いろんな興味ぶかいことがわかってきた。

退屈なときには、じっと足の指を見る。眺《なが》めて、動かして、飽《あ》きることがない。

列車は米原を過ぎて走りつづけている。

五十歳から学ぶという選択

年をとってから学ぶおもしろさ

私は子供のころから勉強が嫌いだった。

中学、高校と、勉強をさぼって、適当にごまかしてすごした。

本を読むのは大好きだったが、学ぶという熱意には欠けていたように思う。

だから受験勉強も、いやいや仕方なくやった。大学ではアルバイトがほとんどで、たまに教室に顔を出すと、仲間にめずらしがられたものだった。

そんな学生だったから、教師が休みで授業がないときは、本当にうれしかった。

「休講だ。バンザイ！」

と、大声で叫んだりもした。

物事を学ぶ、とか、学問を教わる、ということのおもしろさが、まったくわかっていなかったのである。

ところが五十歳になるかならぬかのころ、ひょんなことから京都のある大学に通うことになった。

まあ、ご縁《えん》があって、としか言いようがない。聴講生《ちょうこうせい》というかたちだったが、一応、学生として教室に顔を出すことになったのだ。

最初はなんとなく居心地《いごこち》が悪かった。なにしろ親子ほども年の離れた若者たちのなかに、もはや初老にさしかかろうという男が加わるのである。

学生たちのほうでも、さぞかし目障《めざわ》りだったにちがいない。

「やあ。どうも」

とか、挨拶《あいさつ》したりはするが、それ以上、会話がはずむということにはならなかった。

しかし、最初の授業が始まったときは、なんだかすごく新鮮な感じだった。胸がときめくようで、ああ、授業を受けるということは、こんなに楽しいことだったのかと感動した記憶がある。

そのうち若い学生たちとも、少しずつなじんできて、ときには大学の近くの食堂で昼飯をおごらされるようなこともあった。

こぢんまりした教室で、窓から透明な秋の陽《ひ》がさしこんでくる。テキストの『十《じゅう》牛図《ぎゅうず》』の上に顔を埋《うず》めて、居眠りをしている学生もいる。チョークの白い粉が、ふわふわと教室内を漂っている。

先生の話も、すごくよく頭に入る。ものを学ぶということは、こんなにおもしろいものかと、ようやく気づいたのだ。休講になったりすると、本気で腹を立てたものだった。

勉強するということが、そんなにおもしろいということに、どうして早く気づかなかったのだろうと、残念に思う。

しかし、それは年をとって学ぶからおもしろくてたまらないのだろう。要するに若いときにはわからないことが、たくさんあるということだ。

もちろん、世の中には早熟な天才も少なくない。子供のころから学ぶおもしろさに目覚めた人もいるだろう。だが、一般に若いころはもっとちがった方面に興味がむいている。教室にいても、可愛い女子大生のことばかり気になったりもする。三十分もじっと坐《すわ》って話を聞いていると、大声で叫びたくなってくる。

ましてむかしの大学の講義というやつは、先生が勝手にしゃべって、学生は黙々《もくもく》とノートにそれを写すという、じつに無味《むみ》乾燥《かんそう》な授業も多かった。ああいう勉強は、いくつになってもおもしろいわけがない。

五十歳で退職して学生に戻る

京都の大学の聴講生になる少し前に、横浜で新聞社のカルチュア・センターをのぞいてみたことがあった。

たしか「ハラッパン・カルチュア」とかいう、古代インダス文明の講義だったが、これがえらくおもしろかった。生徒数が少ないのがいいし、先生も受講者が主婦や中高年者ばかりなので、リラックスして気楽にしゃべっている。嚙《か》んでふくめるように、親切に教えてくれるのもありがたい。

「大学でそういうことを言ったりすると、先輩の大先生に叱《しか》られそうですが、本当のところはですね」

などと、内輪《うちわ》の話なども出てきたりするのだ。

専門の学者になるのは別として、勉強をするおもしろさをあじわうつもりなら、年をとってから再度トライしたほうが絶対にいい。定年で退職した六十歳からでも、おそくはないが、もう十年早いともっといいだろう。五十歳で退職して学生にもどる、というのが理想ではあるまいか。

若いころは古典を読んでも、ほとんど実感することがなかったように思う。一応、なるほどと感心はするが、腹の底から、うーむ、と納得《なっとく》できるのは、五十歳を過ぎてからだ。

「もの言はぬは腹ふくるるわざ」

などという文句も、意味は理解できても、それだけのことだった。

「いやー、ほんとにそうだよなあ」

と、つくづく共感するのは、ある程度、年をとってからのことである。

年をとることはおもしろい、というのは、そういうことだ。みずみずしい情感が失われてくるかわりに、以前はみえていなかったことがみえるようになる。頭でわかったつもりでいたことが、ぜんぜんちがう角度から実感できるようになってくる。

学ぶことのおもしろさに目覚めることも、その年をとる効用の一つだろう。

六十歳からでも、おそくはない。七十歳になって大学に顔を出す、などというのも悪くはない老後の楽しみだ。

それは純粋に自分のための楽しみである。社会に貢献《こうけん》するわけでもなく、世のため人のためでもない。

人生の後半をそんなふうに生きることが、それだけで自然に世間を良くすることになる。さて、七十五歳になったらなにを始めようか。

心と体を支える「気づき《サティ》」

日常のなかにある盲点《もうてん》

七十四年も生きてきて、今ごろになって気づくことがある。

どうしてこれまで誰も教えてくれなかったんだろうと、ぶつぶつ言ったりするのだが、これはお門違《かどちが》いというものだろう。気づかずにきた自分が悪いのである。

つい先ごろも「鬱」という字を辞書でたしかめていて、その字の意味するところを知り、びっくりした。こんなことは常識かもしれないが、やはり人には盲点《もうてん》というものがあるものだ。

「鬱」という字は「鬱病《うつびょう》」「躁鬱《そううつ》」などとマイナスの意味で使われることが多い。そのため、つい気持ちが沈んだ状態や、エネルギーが低下した様子を想像しがちである。「鬱々《うつうつ》として日をすごす」などと言う。「沈鬱《ちんうつ》な表情で」などとも書く。

ところが簡単な辞書を引くと、まず①として、「草木が勢いよく茂《しげ》るさま」「物事の盛んなる状態」といったような説明が出てくる。「気のふさぐこと」というのは第二義である。

なるほど。そういえば「鬱勃《うつぼつ》たる野心」という表現もあるし、「鬱然《うつぜん》たる大家《たいか》」なども言う。

しかし、よく考えてみると、またちがったイメージもわいてくる。盛《さか》んに生《お》い茂った草木も、冬がくれば枯野《かれの》となるし、どんなに勢いよく栄《さか》えたものでも、やがて衰《おとろ》えるときがくるのは必定《ひつじょう》なのだ。盛んなる鬱の背後には、「悒《ゆう》」の気配も同時に感じられるところがおもしろい。

そう考えると、いわゆる「うつ病」などというものも、ただ単に心が萎《な》えて、無気力状態におちいっているだけではないのかもしれない。

かえってあふれるエネルギーがなんらかの理由で抑制《よくせい》されて、そのために沈んで見えるだけなのではあるまいか。

周囲を見回すと、そんなふうに何気なく見すごしているもので、たしかめてみると、あれ？　と驚くようなことも少なくないのである。

息は鼻から、食物は口から

私の知人で、この数年間ずっと咳《せき》が止まらずに悩んでいる娘さんがいた。咳といっても、大した咳ではない。喘息《ぜんそく》や気《き》管支《かんし》の異状もなく、コンコンといっそかわいいくらいの咳である。ちょっとうつむき加減で控えめに手をあてて、申し訳なさそうに咳《せ》きこむ様子は、ある種の風情《ふぜい》もあって悪くない眺《なが》めであったが、ご当人の苦痛は相当なものだったらしい。体験のあるかたなら、おわかりだろう。咳を抑《おさ》えようとする。抑えきれずに咳きこむ。何度も連続して出てくる。そんなときの苦しさはなんとも言いようがないものなのだ。

先日、定例の秋の風邪《かぜ》をひいた。春と秋と二度は必ず風邪をひくことにしているのだが、こんどの風邪は喉《のど》風邪で、しきりに咳が出る。

夜、寝るときに咳が出始めると、もう止まらない。昼間、大事な席でゴホンゴホンとやるのも、じつに気がねなものだった。自分も苦しいのだが、周囲への気がねが相当なプレッシャーなのだ。

咳というものは、これほど辛《つら》いものであるかと、しみじみ感じた一週間だった。ようやく風邪が去ったあとで、そのお嬢さんと顔をあわせる機会があった。あいかわらず眉《まゆ》をひそめて、コンコンと咳が続いている。

話をきいてみると、西洋医学も漢方も、また各種の代替《だいたい》療法も、すべてつくせるだけの手はつくしたとのこと。精密検査もおこなったが、これといった異状は見当たらない。

「数値的にはどこも異状はないですね」

と医師は断言したらしい。

「検査の結果は申し分ないです」

どこも異状がないと言われても困ってしまうのだ。私の周囲にもそういう人が少なくない。具合《ぐあい》が悪くて、それを訴《うった》えてもケゲンな顔をされるだけ、という例をいやというくらい耳にしている。

「異状がないったって、げんにこうして苦しんでいるんですけど」

「そうですか。困りましたね」

困るのは患者さんのほうだ。しかし現代の医療は往々《おうおう》にして人間を見ずに病気だけを見ようとする。検査の前に、患者さんの顔色や、姿勢《しせい》や、声の調子に気をくばるくらいの、人間的診断《しんだん》はできないものだろうか。

現代の医療は、内視鏡で胃の全摘《ぜんてき》をやるほどの高級な技術を駆使《くし》しながら、一方で風邪や腰痛《ようつう》などのごく普通の病気すら簡単には対処《たいしょ》できないのだから呆《あき》れる。

検査の結果がまったく悪くない場合、あくまでこちらが体調の悪さを訴えつづけると、どうなるか。

「心因《しんいん》性のものかもしれませんね。心療内科《しんりょうないか》をご紹介しましょう」

などとサラリと責任回避されてしまうケースも少なくない。

ある女性は、どこも悪くないと言いはる医師に、あくまで体調の不良を訴えたところ、

「うつ病の疑いがある」

と言われたそうだ。

くだんのお嬢さんの咳もそうである。すべての診断をつくして、そのあげくに原因不明ということになったらしい。

「アレルギーか、ストレスによるものではないのかな」

と、最後に言われたという。では、そのアレルギーやストレスにどう対処するかときいても、

「それは私どもの科では――」

と、いうことになる。

こういった原因不明の体調の不良は、多かれ少なかれ、誰しも体験なさったことがあるのではないか。仕方がないので、ハリとか灸《きゅう》とか整体とか、ロイヤルゼリーやプロポリス、その他いろんな民間療法をためすことになる。ヨガや、乾布摩擦《かんぷまさつ》や、転地療法など、あらゆる治療をためしてみたが、咳はいっこうに止まらない。

先日、仕事でそのお嬢さんとお目にかかったとき、

「咳、続いてますね」

「はい。もう一生治《なお》らないと覚悟を決めました」

「でも、苦しいでしょう」

「ええ。ほかの人にはわからないでしょうが、一日中ずっと咳きこんでいるというのは、まるで地獄みたいな――」

「ウガイなどはなさっているんでしょうね」

「もちろん。喉を冷やさないように首を温めて寝たり、できることはすべてやりました」

「失礼ですが――」

「はい」

ふと気づいたのは、そのお嬢さんの息のしかたである。

「息を吸うとき、どこで吸ってます?」

「どこで、って、口で」

「吐くときは?」

ちょっと呼吸をためしたあと、

「やはり口からですね」

と、けげんそうにおっしゃった。

「ずっとそうなさってこられたんですか？」

「たぶん。ふだん息をするとき、いちいち意識しないでやってますし」

私はこのときほど驚いたことはなかった。

「口は食べ物をとるところで、息をする場所ではありません」

「はあ？」

「鼻が息をするところです。口で息をするのは、鼻から食物《しょくもつ》を入れるのと同じです。口を呼吸に使うのをおやめなさい。息は吸うほうも吐くほうも、鼻だけ使うように」

「えー？」

それでこんこんと私流の呼吸法について説明してさしあげた。

私たちが吸いこむ外気は、はなはだしく汚染《おせん》されていること。

ディーゼルエンジンの排気だけでなく、あらゆる不純物が混入していて、口から空気を吸いこむのは、直接に喉の粘膜《ねんまく》や呼吸器に汚染物質を塗りたくるようなものであること。

鼻腔《びこう》には鼻毛のフィルターや、ハエ取り紙のような粘膜《ねんまく》もあって、かなりの程度、汚れた空気を濾過《ろか》する働きがあること。乾いた外気に湿度と温度をあたえるのも、鼻呼吸の長所であること。

汚れた物質を気管や肺に口からダイレクトに送りこめば、当然のことながらそれを排出しようとする生体反応が起こり、咳となってあらわれること。

など、など、素人《しろうと》の意見であるが誠意をもって説明した。

「でも、これまで鼻で息したことって、ないものですから」

「一度も?」

「子供のときからずっとです」

ためしてもらうと、じつにやりにくそうである。それはそうだろう。口にくらべると鼻の穴は、はるかに小さいのだから。

それでも十分ほど、唇《くちびる》をご本人の指でつまんで開かないようにし、鼻だけの呼吸をやってもらっているうちに、じつに不思議なことがおこった。

あれほど手をつくし、人脈《じんみゃく》を駆使《くし》して名医にみてもらって治らなかった咳が、ぴたりと出なくなったのである。

ご本人もキツネにつままれたようにキョトンとなさっている。

「二年も苦しんでられたんですよね」

「いえ、三年です。この先、一生ずっとこの咳は止まらないと覚悟してました」

大事な席でずっと咳が出っぱなしでは、話がうまくまとまるはずもないと、降るようなお見合いの話もすべて断わって、この数年をすごされていたらしい。

口は物を食べるところ。

鼻は息をするところ。

誰もが当り前のように考えながら、実際にはちゃんと守られていないのが、意外にも呼吸の基本である。

プロ野球のエースといわれる有名選手でも、テレビの画面を見ていると、口で呼吸している人がいる。一時的には好成績をあげられても、はたして長く持続《じぞく》できるだろうか、と考える。もし、ちゃんと呼吸するように心がければ、現在の倍もいい記録が残せそうだ。

鼻で息をするのと同じように、大事なことで忘れられないのが、

「腰を曲げない」

と、いうことだ。腰は曲げてはいけない。

「腰は折る」

曲げると折るの違いは大きい。腰を曲げるときは、膝《ひざ》がまっすぐに突っぱっていることが多い。背中も丸まっている。

「膝は曲げるためにある」

膝をゆるめて、背中をのばし、腰を折ることが大切だ。下に落ちた物を拾うときも、目上の人に頭をさげるときも、腰を曲げずに、折ることを意識する。

この「意識する」「心がける」「気持ちを集中しながら」ということが、なによりも大事なことなのだ。

インドの古い言葉では、それを「サティ」という。「教え」と訳されることもあり、「経」と訳されることもある。

とりあえずワッハッハッハッハと笑ったあと、そのまま開いた口から息を吸わない。いったん口を閉じて、鼻から吸い、鼻から出すことに意識を集中することだ。

日々の小さな「気づき《サティ》」のつみかさねが、私たちの心と体を支えているのだから。

韓国からインドへの長い旅

風に吹かれて

二〇〇六年二月、ひさしぶりでインドを訪れた。酷暑《こくしょ》のなかを一日十時間以上も悪路を四駆で走るというハードな旅だったが、今になってみると、本当に行ってよかった、としみじみ思う。

私はこれまでなんとなく、自分のことをインドに縁《えん》のない人間のように思っていたのだ。

というのは二十三年前にはじめてインドを訪れ、そのときは遠からずまた再訪することになるだろうと勝手に考えていた。はじめて旅したインドは、じつに興味ぶかい世界だったからである。帰国したらすぐに、次の旅行の計画をたてようと考えながら帰ってきたのだ。

ところが、どういうわけかその計画がなかなか実現しない。その後も折《おり》をみてはインド行きのプランをたてるのだが、なぜかそのつどうまくいかないのである。

いつか瀬戸内寂聴《せとうちじゃくちょう》さんと対談の席で、

「インドに呼ばれる人、呼ばれない人」

という話が出た。世の中にはインドに「呼ばれるタイプ」と「呼ばれないタイプ」の二種類の人間がいる、というのが瀬戸内さんの説だった。

「あたしは呼ばれる人なの。自分でインドへ行こうなどと思わなくても、むこうから呼ばれるみたいに何度も何度も出かけることになるんだから不思議ね」

それに対して、私のほうは「呼ばれない人」の典型のようだった。なにしろ最初に訪れてから、二十三年間も、まるでお呼びがかからなかったのである。

これはもう縁がないと諦《あきら》めるしかないと思っていた。私はどちらかといえば、「風に吹かれて」動くタイプである。自分のほうから積極的になにかをするということがない。

これまでをふり返ってみても、ずっとそうである。自分で決断してやったようにみえることでも、じつはなんとなく事が運んでしまって、結局はなるようになった、と

郵　便　は　が　き

お手数ですが、
50円切手を
おはりください。

151-0051

東京都渋谷区千駄ヶ谷4-9-7

(株) 幻冬舎

「林住期」係行

ご住所　〒□□□-□□□□				
Tel.(　　-　　-　　)　e-Mail				
お名前	ご職業		男 / 女	年齢　歳
お買いあげ書店名	よく読む雑誌	お好きな作家		

抽選で100名の方に特製・図書カードを差し上げます。

本書をお買いあげいただきまして、誠にありがとうございました。
質問にお答えいただけたら幸いです。

◆本書をお求めになった動機は？

① テレビで見て　② ラジオで知って　③ 書店で見て
④ 新聞で見て　⑤ 雑誌で見て
⑥ その他（　　　　　　　　　　　　　　　　　　）

◆著者・五木寛之さんへのメッセージ、また本書のご感想をお書きください。

ご記入いただきました個人情報については、許可なく他の目的で使用することはありません。

ご協力ありがとうございました。

いう場合が多い。

「世の中は思うようにはならない」

ずっとむかしから、いつも体の奥のほうでかすかな声がきこえていたような気がする。一体いつからそんな考えかたが心に巣くってしまったのだろうか。

ふり返ってみると、やはり外地での敗戦体験が原発性《げんぱっせい》の心の歪《ひず》みとなって、今に影響しているのではないかと思われてならない。

昭和二十年（一九四五年）の敗戦は、中学一年生だった私にとって、ショックというより、むしろ脱力感をおぼえさせられる出来事だった。青空のむこうに、ぽっかり底なしの裂け目ができたような感じである。

人間の努力とか、意志の力とか、善意などといったものと無関係に世界は動いていくのだ、と少年なりの感覚でそう思ったのである。

私の父親は九州の師範《しはん》学校を給費生《きゅうひせい》として卒業した農家の次男坊だった。内地にいても大した出世は望めないと見切りをつけたのだろう。当時の植民地へ活路を求めて渡った連中の一人である。

最初は現在の韓国の寒村《かんそん》で、韓国人だけの小学校の校長をつとめていた。私がまだ五、六歳のころである。

これまで何度もくり返し書いたことだが、その村には日本人の家族はふた家族しかいなかった。村の駐在所の夫婦と、私たちである。当時の韓国は植民地で、住民は日本語を使うように強制されていたはずだが、その村では当然のように韓国語がまかり通っていた。

私の仲間もみな韓国人の子供たちばかりだったから、私も片言《かたこと》の韓国語でやりとりしていた記憶がある。

当時の韓国の農村は、ほとんどの家が藁屋根《わらやね》で、土壁《つちかべ》にはパカチの実《み》がぶらさがっていた。

去年の五月に韓国の古寺《こじ》を訪ねてあちこち地方を歩き回ったが、ほとんどコンクリートの家で、まれに古い伝統的な家屋《かおく》があっても、すべて瓦《かわら》屋根に変わっていたのは七十年ちかい歳月のせいだろう。

ヌクテの鳴く村で

父親は毎晩、朝まで起きて勉強していた。玄関脇《わき》の三畳の部屋で、寒い夜など毛布を体に巻きつけて机にむかっているのをトイレに行くときに見たことがあった。

あとで知ったのだが、地方の師範《しはん》学校卒という、いわばノンキャリの青年教師が、必死で教育界の階段を這《は》い上《のぼ》ろうとしている姿《すがた》だったようだ。あれこれと検定試験に合格することで、ステップアップをめざしていたらしい。

母はそんな父親に夜食を作ったり、お茶を出したりしてつきあっていた。彼女は、一日も早く日本人の大勢いるソウルのような都会に移り住みたがっていたように思う。

駐在所の中年の巡査が遊びにきて、なんとなくむかしの万歳《マンセイ》事件のことなどを話していったあとは、ことにそうだった。万歳事件とは日本人側からの言いかたで、歴史的には三・一独立運動といわれる反植民地闘争のことである。

私が遊び仲間の韓国の子供たちがうたっていた歌を、おぼえるともなくおぼえて口ずさんでいたら、

「そんな歌、うたうんじゃない！」

と、駐在所の巡査に叱《しか》られたことをおぼえている。たしか『蛍の光』のメロディーで、「——ウリナラマンセイ」といったような文句だった。

冬の深夜、どこからか山犬の遠ぼえのような声が、風にのって長く尾を引いてきこえてくることがあった。

母はその声を聞くと、とてもおびえて、私を抱きしめながら、

「早くソウルへ行こうね」

と、独《ひと》り言《ごと》のように言ったりする。

「あの声、なに？」

と、一度父にきいたら、

「ヌクテだ」

と言った。「ヌッテ」とも「ヌクテ」ともきこえるその発音が、なんだかとてもお

そろしかった。私の頭のなかで、それはえたいのしれない奇怪《きっかい》な動物のように想像されていたのである。

しかし私には、母が怖がるほどその村での日々は不安なものではなかった。子供だった私にとって、いろんな未知の驚きがいっぱいにつまった暮らしだったからである。

祭りの日には、目が回るような高い高いブランコが広場に立てられた。華やかな衣《い》裳《しょう》を身にまとった娘たちが、大きな弧《こ》を描いて青空のかなたに吸いこまれていく。しばらくしてスカートをひるがえしながら、落下傘《らっかさん》のように降下してくる。いろんな打楽器の音がわきあがる。

市場《いちば》のにぎわいも刺戟《しげき》的だった。チヂミの匂《にお》い、せりのような売り手の口上《こうじょう》、巨大なエイのような魚に縄《なわ》をつけて、ずるずる地面を引きずっていく男。色とりどりの根《こん》菜《さい》や雑貨。

夏の日、街道ぞいの赤松の林の前に、一群の男や子供たちがいた。道路ばたに老人が長いきさせるを手に坐《すわ》っている。その前には幅《はば》一メートルもありそうな巨大な絵本が広げてある。極彩色《ごくさいしき》の絵と、ハングル。

老人がきせるで本のページをめくりながら節《ふし》をつけて語る。話に熱が入ると、きせるでバシッと本を叩《たた》く。

「哀号《アイゴー》！」

と、群衆のあいだから声がわきあがる。私には話の筋《すじ》はわからないが、たぶん古い物語にちがいない。

途中でひと休みしているところへ、豆腐売りの男がやってくる。チヂという背負《しょ》い子《こ》に石油缶をのせて、水に浮かせた豆腐を売りにくるのだ。老人や客たちがそれを買い、掌《てのひら》の上にのせて角《かど》からかじるのを見ていると唾《つば》がわいてくる。小休止が終わると、物語は後半の大団円《だいだんえん》へと展開していく。セミの声が負けじとばかりに盛大なＢＧＭをかなでる。

そんな日々も、やがて終わった。

家に何通もの祝電がきて、父が念願の検定試験にパスしたことを母がうれしそうに教えてくれた。

「お父さん、ソウルの有名な小学校に栄転《えいてん》するのよ」

私はなんとなく釈然《しゃくぜん》としない気分だった。たしかにヌクテは怖いが、それでもその村の暮らしを私はかなり気に入っていたのだと思う。

移り住んだソウルの日々

やがて私たちの家族は、ソウルに移った。当時のソウルは京城《けいじょう》といい、日本人がたくさんいる大きな街《まち》だった。デパートや映画館があり、ステーションホテルにはフランス料理のレストランもあった。

父は南大門小学校という学校の教師となり、それでもなお夜中の勉強は続けていた。爪《つめ》で石段を這《は》いあがるように、教育界の上のポストをめざしていたのだろう。

私は小学生になり、冬は漢江《ハンガン》でスケートをした。ヌクテの声はきこえず、友達は日本人の子供ばかりになった。

ある日、そんな仲間たちと鉄道のレールの上を歩いたことがある。内地の鉄道のレールとちがって、広軌《こうき》という幅《はば》のあるレールだった。

「このレールの上をずーっと歩いていくと、どこへ行くと思う?」

「平壌《へいじょう》」

当時はピョンヤンのことを平壌と呼んでいたのだ。

「その先は?」

「知らない」

「新義州《しんぎしゅう》へ行くんだ」

と、その物知りの子は得意気に言った。

「それから満洲里《マンチューリ》を通って、シベリアへ出て、それからずーっとウイーンまで行くんだって」

「ウイーンって、どこ?」

「ヨーロッパさ」

朝鮮半島は大陸の一部で、その先はずっとヨーロッパまでつながっているのだ、ということがなんとなく実感できるような気がしたものだった。

少国民《しょうこくみん》と言われて

それからいろいろあって、父親はふたたびいくつかの検定試験にパスし、私たちの一家はソウルを離れた。こんどは平壌《ピョンヤン》である。父親の勤め先は、小学校から師範学校へとかわった。本人としては一歩一歩、上昇していく過程《かてい》と考えていたのだろう。

平壌に移ってから、母はふたたび小学校に勤め始めた。福岡の女子師範の出身で、もともと女教師として父と知りあったのだから、仕事を再開したことになる。

小学校は国民学校と名前を変え、私たちも少国民と呼ばれるようになっていた。

父の本棚には賀茂真淵《かものまぶち》や、本居宣長《もとおりのりなが》や、平田篤胤《ひらたあつたね》などと並んで、火野葦平《ひのあしへい》や、石原完爾《いしわらかんじ》などの名前が見られるようになり、軍人の客もときどきやってくるようになった。

師範時代から剣道をやっていた父親は、日本刀のコレクションをふやし、毎朝、私に『古事記』や『日本書紀』の素読《そどく》をやらせたあと、木刀を持って切り返しをさせるのが日課になった。

学校では音楽の時間にモールス信号を練習させられ、夏休みには元山《ウォンサン》で海洋少年団の訓練に参加したりもした。

高校生のころ、英語の単語がおぼえられなくて悩んでいた時期がある。そのとき自分の頭のなかに、今は無用となったモールス信号の符丁《ふちょう》や手旗《てばた》信号の記憶が、しっかり残っていることがひどく腹立たしかったものである。

教育勅語《ちょくご》も、軍人勅諭《ちょくゆ》も、すべて完全に記憶に定着していていまだに消えないでいる。こんなものが残っているから新しい単語が頭に入らないのだ、と、無性《むしょう》に苛立《いらだ》ちをおぼえた。

父はそのころからようやく自分のキャリアの限界に気づき始めていたのではあるまいか。いくら検定試験を次々にパスしていったとしても、制度の壁は越えることができない。

帝大《ていだい》や高等師範学校を出たキャリア組が、頭の上を軽々《かるがる》と飛びこして上昇していくのを無言で眺めているのは、さぞかしストレスのたまる日常だったことだろう。そんななかで、皇道哲学《こうどうてつがく》を奉《ほう》じて東亜《とうあ》連盟《れんめい》などとまじわり、もう一つ別な活路を開こうというのは、今にして思えば戦時下の下層知識人のいじましいあがきのように感じられないでもない。

父親がそのころ書き進めていた原稿のタイトルが『禊《みそぎ》の弁証法《べんしょうほう》』だったことを思い出すと、笑いたくなる気持ちと、かすかに胸が痛む気持ちとの両方を同時におぼえてしまうのだ。

山本五十六《やまもといそろく》連合艦隊司令長官が戦死したニュースは、ラジオで聞いた。

「日本は敗《ま》けるんじゃないかしら」

と、そのとき母が独《ひと》り言《ごと》のように言ったとたん、父親がいきなり母の頬《ほお》を激しく平手で叩《たた》いた。

「非国民!」

とどなった父親の声をまざまざと思い出す。悲鳴のような声だった。

「そういう奴《やつ》がいるから、そういう非国民がいるから、日本は苦戦してるんだ!」

と、父親は叫んだ。さすがに、

「非国民は斬《き》る！」

とまでは言わなかったが、そんな口調《くちょう》だった。

父親と母とのあいだに、目に見えないかすかな隙間《すきま》が生じてきたのは、そのころからのような気がする。

母は自分の本棚においてあったパール・バックの『大地』とか、モーパッサンの『女の一生』とか、林芙美子《はやしふみこ》や森田たまや、『小島の春』などの本を押入れにしまいこんで、好きだった歌もうたわなくなっていった。

ちょうど更年期《こうねんき》にさしかかろうとしていた時期かもしれない。体調がすぐれず、布《ふ》団《とん》をしいて寝こむ日も多くなった。学校のほうもやがて退職した。そろそろ米軍が本土に迫《せま》り始めたころだったろう。

飛行兵になりたい

奇妙《きみょう》な話だが、中学生になるかならぬかの少年の私が、死というものをしきりに意識するようになったのも、その時期だった。

私は飛行兵になりたいと熱望していた。幼《おさな》いころからの飛行機マニアで、いつか必ず操縦桿《そうじゅうかん》をにぎって戦闘に参加するつもりでいた。

どうせ十代で戦争で死ぬと、決めていたのである。死ぬなら地上より大空がいい。まことに勝手な考えかただが、そうなるためのプランをいろいろ検討していたのである。

中学を途中でやめて志願し、飛行兵になる道はいくつもあった。

幼年学校へ入学し、航空士官学校へ進むというエリートコースもあったが、いささか時間がかかりすぎる。

少年飛行兵か、それとも海軍の予科練《よかれん》か。少年飛行兵出身の穴吹軍曹《あなぶきぐんそう》という人物が、私たちのアイドルだった。

加藤隼《はやぶさ》戦闘隊長などという偉い人は、ずっと遠くにいた。

しかし、もし希望がかなって飛行兵になれたとしても、戦局は悪化の一途《いっと》だ。練習機で特攻出撃に駆《か》り出されるかもしれない。

問題はそこだった。自分で爆弾を抱《だ》いて敵の空母や艦船《かんせん》にまっすぐ急降下していけるだろうか。途中でおじけづいてターンしたりはしないだろうか。爆弾が破裂するとき、自分は苦痛を感じるのか、それとも失神しているのか。死ぬというのは、一体どんな気持ちなのだろう。

いま考えてみると、かなり滑稽《こっけい》な気がしないでもないが、本人は真剣に死というものを実感しようと苦心した記憶がある。父の本棚から『碧巌録《へきがんろく》』の解説本などをひっぱりだして読んだりしたのも、大和魂《やまとだましい》だけでは死と向きあうことはむずかしそうだ、と感じたからかもしれない。

〽今度逢《あ》う日は　来年四月
靖国《やすくに》神社の　花の下

などという歌が哀切《あいせつ》なメロディーにのせて、しきりにうたわれた時代である。

残された日本人たち

死、という現実は、やがてなんとも殺風景《さっぷうけい》で荒涼《こうりょう》とした姿で私たちの目の前にやってきた。

昭和二十年の夏、日本が敗《ま》けたことを知らされたのだ。天皇のラジオ放送がある前から、平壌《へいじょう》駅は荷物を山積みして南下する客たちでごった返していたらしい。ポツダム宣言の受諾《じゅだく》は、インサイダーのニュースとして上層部の家族たちにはいち早く広がっていたのだろう。

私たち一般の市民は、敗戦のニュースを聞いたあとも、一体どうすればいいのか、呆然自失《ぼうぜんじしつ》のまま他国となった土地に立ちすくんでいたのである。

考えてみれば阿呆《あほ》らしい話だ。植民地支配者として居住《きょじゅう》していた宗主国《そうしゅこく》の国民が、時代が逆転した場合にどういう立場になるのか、見当もつかなかったのである。

まだ武装した日本軍もおり、警察も機能を失ってはいなかった。日本側が武装解除して軍人が連行されるのは、九月に入ってソ連軍が進駐《しんちゅう》してきてからのことである。

情報をもっている連中、利口《りこう》なグループはさっさと列車に乗ってソウルのほうへ南下していった。あとに残されたのは普通の日本人たちばかりだった。

「治安は維持《いじ》される。一般人は軽挙妄動《けいきょもうどう》することなく現地にとどまるように」

というのがラジオから流れる当局からの指示だった。ラジオ放送といえば、そのころはお上《かみ》の声であり、天の声にひとしい。ラジオがそう言っている、というだけで私たちはただぼんやりとソ連軍の入城を待ちうけるかたちになったのだ。

やがてソ連軍がやってきた。住んでいた家も家財《かざい》も接収《せっしゅう》され、病気の母をリヤカーにのせて、泊めてくれる場所をさがした。母はまもなく死に、父親は放心状態におちいって物も言えないありさまだった。『禊《みそぎ》の弁証法《べんしょうほう》』は一体なんだったのかと、私は父親を軽蔑《けいべつ》した。

　母は死んだが、弟と妹は生きている。無言のままの父親も、ものは食べる。食物《しょくもつ》を手に入れるためには私が働かねばならなかった。

　ソ連軍のキャンプにもぐりこんで、将校宿舎で仕事をさがすことにした。ソ連軍の将校は、家族連れで進駐してきていた。将校夫人をつかまえて、即席のロシア語を叫ぶ。

「パパ・ニェート、ママ・ニェート、ラボート・ダヴァイ！　フリェーブ・ダヴァイ！」

　要するに「ギヴ・ミー・チューインガム」と同じだ。ちがうのは、チューインガムでなく、黒パンが目当てだったことである。

　ソ連軍将校のマダムたちは意外に親切だった。ずいぶん荒っぽくこき使われたが、帰りには黒パンの大きな塊《かたま》りと、ときには骨つき肉などもくれる。

　日本人難民たちが集まって雑居しているバラックに持って帰ると、一躍《いちやく》ヒーローだ。肉のかけらを煙草《たばこ》にかえたり、黒パンと毛布を交換したりもした。十三歳だったが、父親と家族の面倒《めんどう》をみているから家長といっていい。偉そうに煙草をくわえ、花《はな》札《ふだ》の仲間に加わったりもした。

私は四十代のはじめに煙草をやめている。しかし、十三歳のときから三十年あまりすってきたので、まだ体の芯《しん》からニコチンが消えていないようだ。

夜、ソ連の兵隊がやってくる。自動小銃をつきつけて、戦場からきた兵隊の要求はいつの時代も同じである。

「マダム・ダヴァイ！《おんなをだせ》」

抵抗して撃たれるのはみんないやなので、結局、談合ということになる。こういうときには必ずでしゃばるタイプの男がいて、結局はそういう男が話をリードすることになるのが常だ。要するに誰を人身御供《ひとみごくう》にするかという議題である。女学生はだめ、人妻も避けたい、といってあまり高齢のかたではソ連兵が怒る、というわけで、自然と独身の女性がターゲットになっていくのが常だった。水商売の女性がいると、どうしても皆がその人のほうへ視線をむける。

一人のこともあったし、ソ連兵が多くて、二人要求されることもあった。ジープに乗せられて連れ出され、明け方にボロ雑巾《ぞうきん》のようになって帰ってくる。みんな息をころして眠ったふりをしていた。朝になると、母親の一人が、小声で子供に「病気うつされてるかもしれないから、そばに行っちゃだめ」とささやくのを聞いた。殺してやろうか、と本当に思った。そういうことが何度かあると、その女性はいつのまにかいなくなっていた。

皆がそんな話をあまりしないのは、自分たちが人身御供をさしだして生きのびて帰ってきたうしろめたさからだろうか。戦場の悲惨《ひさん》は小説にも書けるが、こういうことを物語にするのは許せない気持ちが自分にはある。

特攻隊の物語は感動的だが、たとえ強制されたものだったにせよ、銃を持って死んだ者は兵士として戦死したのだ。それはどんなに悲惨であっても名誉ある死とみなされる。映画になったり、神社に祭られたりもする。

しかし、本当の戦争の悲惨さは、銃を持たなかった人間、一般人たちの体験だと思う。それをくぐり抜けた者たちが、みな口をとざして語ることができないような出来事こそ戦争の本質なのではあるまいか。

そんなことがかさなるうちに、やがて、

「世の中は思うようにならない」

という信念のようなものが、いつのまにか根をおろして私のなかに定着してしまったのだ。

私の父親もそれなりに努力した人だった。しかし、その人生は思うようにはならなかった。母も思うように生きられずに死んだ。引き揚げをなんとか生き抜いた弟も、四十二歳で世を去った。みな思うようにならなかった連中ばかりである。

むかしから私が書くものには、どこか受身《うけみ》のタイトルが多い。無意識のうちにそうなっているのだろう。

タブロイドの夕刊紙に長年ずっと書きつづけているコラムの題名も、『流されゆく日々』という。「流れゆく」ではないところが納得《なっとく》である。べつに努力や向上心を無視しているわけではない。がんばってもどうにもならないことがある、ということを自然に認めようというだけの話だ。

インドにふたたび呼ばれて

インドへ行かないか、という話が舞いこんできたのは、二〇〇五年の春だった。あれよあれよというまにスケジュールが決まり、気がついたときにはエア・インディアの機内にいた。

考えてみると二十三年間ずっと縁《えん》がなく、今になって急にそんなことになるのも、それなりの「風」が吹いているのかもしれないと思う。

二十三年前といえば、私が五十歳前後のころだ。

そのころと今とでは、私自身もずいぶん変わっている。そしてまた時代も変わった。ちょうどいいころあいを見はからったように、インドのほうから呼んでくれたのかもしれない。

そして、二十三年ぶりのインドは、私に以前とはまったくちがう顔を見せてくれたように思う。

以前の旅はいわば観光コースをたどる、定番の旅だった。楽しく、めずらしくはあったが、インドの実体に触れた感じはあまりしなかった。

こんど私が歩いたのは、インドの内陸部である。ガンジス河の河ぞいの土地は、ブッダが絶えず歩いた土地だ。

ブッダという存在を、これまで私は静的《せいてき》にとらえていたように思う。樹下《じゅか》に坐《すわ》って瞑想《めいそう》している思索《しさく》の人、といったイメージだった。

しかし、ブッダは家を捨てて放浪《ほうろう》したのち、驚くほどすみやかに真理に目覚めている。いわゆる求道《ぐどう》の時間、悟《さと》りをうる過程《かてい》は家を出て山林で苦行《くぎょう》した歳月を入れても六、七年ほどだろうか。

その後のブッダの人生の大半は、すべて布教《ふきょう》伝道の旅についやされている。ブッダは一カ所に寺を建てて定住することをしなかった一所不住《いっしょふじゅう》の歩く人なのだ。

歩きつづけるブッダの姿

当時のインドでは雨季に入ると旅は事実上不可能となった。洪水《こうずい》で橋はこわれ、道は水びたしで、疫病《えきびょう》も流行する。この期間だけはブッダも仲間や弟子《でし》とともに都市部で思索《しさく》を深め、瞑想《めいそう》を楽しみ、法を語りあってすごした。雨安居《うあんご》といわれるのがそれである。

しかし、雨季が終わればブッダの旅が再開される。彼はあらゆる人びとに自分の発見した真理を語り、教えて歩き回った。生き難《がた》き人生をどのように安らかに生きるか、というのがその語った内容だ。

最初にブッダの教えが広まったのは、農村部でも、下層社会でもない。彼の思想に共鳴し、それをサポートしたのは都市の商人階級であり、資産家たちであり、王族、知識人たちである。

それらの階級の人びとは、旧バラモン階級の下に位置づけられながらも、ようやく、新興《しんこう》実力グループとして新しい時代を担《にな》いつつあった勢力だった。

彼らは、みずからの集団のアイデンティティーを補完《ほかん》する新しい思想を切《せつ》に待ちのぞんでいたのだろう。

ブッダはまず都市部から法を説《と》き、そして各地に遊行《ゆぎょう》の旅を開始する。話を聞きたいと願う者に対しては、ブッダは素晴らしく自由で偏見がなかった。盗賊であろうと、遊女であろうと、最底辺の賤民《せんみん》であろうと、王侯貴族《おうこうきぞく》や大商人とまったく差別なく自分の悟《さと》った真理、人間の生きかたを語ってやまなかった。

伝道というと、どことなく求道《ぐどう》より一段おとる仕事のように感じるところがある。アメリカのテレビ伝道師などの放送を見ていると、伝道がビジネスに思われてくるとしても無理はない。

しかし、ブッダに即《そく》していえば、彼の八十年の生涯《しょうがい》の大半はすべて伝道布教の旅の生活だった。

ブッダのイメージのありかたは、坐《すわ》って瞑想している姿ではなく、杖《つえ》をつき、ボロをまとって、炎天下《えんてんか》をどこまでも歩きつづける「歩くブッダ」の像こそふさわしい。河を渡り、村々を抜け、ときにはマンゴー樹林で野宿《のじゆく》し、たずねる者にはどこまでも熱心に真理を説いてきかせる。どこまでも歩くブッダのイメージである。

彼は八十歳のとき最後の旅に出た。

ガンジスを渡り、ほこりの舞う道を行き、マガダ国の首都を抜け、貧しい村で食事を供《きよう》される。その食事で激しい腹痛におそわれ、衰《おとろ》え切った体でさらに旅を続ける。そしてついに林のなかで行き倒れて死ぬ。

思うにまかせぬ世に生きて

同じ道筋《みちすじ》をたどりながら、私はブッダという一人の人間の肉声をたしかに聞いたような気がした。

仏教という文化は世界に壮大な流れを創《つく》り出した。しかし、その源《みなもと》の流れは驚くほどシンプルで明快である。

ブッダは、「この世界は苦《く》である」と語った。それを私は、

「世の中は思うようにはならない」

と、聞いた。思うようにならない世の中に、私たちはどう生きればよいのか。はたして生きるすべはあるのか。生きる意味はあるのか。

ブッダは「ある」と言う。物事の道理をきちんとたしかめ、その道理を知り、それを解決する手だてを正しく実践《じっせん》せよ、と教える。

そして人が大事にしなければならないことの第一に、「不殺生《ふせっしょう》」をおいた。これは「命を大切に」ということにつきる。命を大事にする、このことが今の私たちの社会ではもっともなおざりにされていることではないのか。

「人を殺してはなぜいけないか」

という問題に世間が関心をもったのは、ほんの数年間だった。そしてきちんとした答えのないままに忘れ去られたようにみえる。しかし、平成の仏教は、このことに真正面からきちんと答えなければならないと私は思う。

「盗んではいけない」

とも、ブッダは言う。

これは他人の所有物を奪《うば》うな、というだけのことではない。モノを大切にしよう、ということだ。自然もモノである。山も、川も、海も、空気もモノである。「モノを大切にしよう」という立場にたったとき、自然からモノを奪いつづけてきた人間の歴史がはっきり透《す》けて見えてくるだろう。

「盗んではいけない」とは、森を盗むこと、自然の資源を盗むこと、人間という存在のために他の生物から命を盗むことを深く反省させる言葉だ。

「不飲酒《ふおんじゅ》」というのは、ただ酒を飲むなと言っているのではない。体を大切にしようと説いているのだ。

同じように、ブッダは「性を大切に」「心を大切に」「家族や仲間を大切に」と言っている。この「大切にする」という、その思想を信仰《しんこう》にまで高めたところに、ブッダという人の魅力があるのではないか。

ブッダの教えを、そのように現実的にうけとるのは、信仰の深さをそこねるものだ、という意見もあるかもしれない。

それはそれでいい、と私は思う。ただ自分にとってのブッダの教えを大切にしたいと思うだけである。

インドの農村を歩き、チュンダの村にも足を運び、ガンジスも渡った。二千五百年前に八十歳のブッダが歩いたかもしれない道を歩いて、不思議な充実感があった。そして、「インドに呼ばれた」自分が、ふたたび「日本に呼ばれる」のを感じた。思うにまかせぬ世の中を生きていく道は、たしかにあるのだと、いまあらためて思い始めているところだ。

あとがきにかえて

今回、私はこの本のなかで、ずいぶん乱暴なことを書いたような気がする。読者のなかには、苦笑なさるかたもおられることだろう。また、なんと過激な、と眉《まゆ》をひそめる向きも、いらっしゃるかもしれない。

しかし、ここに述べた「林住期《りんじゅうき》」の生きかたは、私の願望であるだけでなく、すべての人びとの心のどこかにひそむ、意識されざる憧《あこが》れなのではあるまいか。

最近、人生をリセットする、などという言葉がしきりに目につく。いや、リセットでなくてリビルドなんだ、と熱弁をふるう人もいる。いずれにしても、この限りある一生を、なんとか充実して生きる道を真剣に求めようという気運が、いま静かにもりあがってきているらしいことは、間違いない。

それは、人生の後半期にこそ、自己の夢を実現しようという熱望である。その願望が時代の潮流として新たに力づよく動き始めてきたのだ。

私はこの流れを、素晴らしいことだと思う。「美しい十代」などというナツメロもあったが、生理的に若いだけが人間の美しさではあるまい。七十歳をはるかに過ぎて、なお魅力的だった踊り手の武原《たけはら》はんさんを引きあいに出すまでもなく、一箇の人間の美しさや魅力は、若さを超《こ》える。挙止《きょし》動作《どうさ》、服装、経験と包容力、スピリチュアルな深さ、知識、などなど、すべてのものが一体となって花開くのである。それが「黄金《おうごん》の林住期」だ。

実際、「林住期」を支えるためには、さまざまにクリアしなければならない諸問題があることは間違いない。しかし、目標さえしっかり定まれば、できる範囲での解決策はあるだろう。

この本では、問題解決の具体的なノウハウはあえて語らなかった。いちばん重要なのは、人生の後半をオマケと考え、峠を越した下り坂と考える思想を打ち破ることだった。

人生のクライマックスを、五十歳からにおく。「黄金の林住期」の始まりである。

その「林住期」を、より良く生きるために、私たちはこれまで学び、働き、社会に奉《ほう》仕《し》してきたと考える。青少年時代だけでなく、壮年期もまた、林住期のための長い助走の期間にほかならない。

人体の中心部を臍《せい》下《か》丹田《たんでん》におくというのは、東洋思想の原点である。人間の最重要部は、頭でもなく、胸でもなく、まさに下腹部であり、丹田を意識することからすべてが始まるとする。

人間の中心点は、むかしは肚《はら》であった。「肚がすわっている」「肚をくくる」「肚におさめて」「肚をわって」などと言うのは、人間の心、思想、感情、本心などが下半身にあると考えられたからだ。

近代になると、中心点が上がって、胸や心臓が重要視された。ハートは心であり、胸にあるとされてくる。

さらに現代では、脳にすべてがあると考えられるようになってきた。悲しみや、深い感情、心のありようも、すべて脳のはたらきとされるようになったのだ。若者中心の文化が主流となったのも、肚↓胸↓脳と、下半身より上半身へ移ってゆく思想の反映だろう。

私は今を「息があがった」時代、と感じている。肩で息をしている生きかただ。それに対して、「息をしずめる」ことが大事だと考えたい。「しずめる」は「静める」であるとともに「沈める」ことでもある。呼吸を下半身にとりもどす必要があるのだ。人間の重心を「頭にきている」状態から、ハートへ、胸と心からさらに「肚《はら》のすわった」位置へとしずめることを思う。

それは人生のクライマックスを、「学生期」「家住期」から「林住期」へと移行《スライド》させることだ。

人生をやり直すというのではない。一から始めることでもない。青・壮年期を、真の人生の助走期と考えることである。

これはいやおうなしに「人生百年」時代に直面している私たちの、まったく新しい人間観のささやかな出発点だ。まず、それを求めることから、すべてが始まる。どのように実現していくかの方法は、それについてくるだろう。

「林住期」のさなかにある人びとだけではない。やがて「林住期」を迎える世代、そして将来かならずそこに達する若い世代の、明日への目標としてこの本は書かれた。

そして、おそまきながら私自身も、「林住期」の最後を、なんとかもう少し引きのばして締めくくろうと考えつつあるところだ。この一冊が、なんともいえず重苦しい時代に生きる読者の皆さんがたに、ひとつの涼風となることを夢みている。

この本が世に出るにあたって、多くの人びとのお力ぞえがあった。『大河の一滴』の出版のときと同じように、雑談中に「その話を書いてください」と居ずまいを直して迫《せま》った幻冬舎の見城徹氏、そして日夜をわかたず執筆をサポートしてくれた編集部の石原正康と山口ミルコのお二人、また今回もA・Dを担当してくださった三村淳氏、ユニークな装画を提供してくれた五木玲子氏などの諸氏に、心からお礼を申し上げたい。なおこの本に収録させていただいた新聞・雑誌などの担当者のかたがたと、手にとってくださった読者の皆さんにも感謝したいと思う。

横浜にて　五木寛之

〈初出〉「人生の黄金期を求めて」書き下ろし／「『林住期』をどう生きるか」書き下ろし＋日刊ゲンダイ二〇〇七年一月三十～二月三日／「女は『林住期』をどう迎えるか」書き下ろし／「自己本来の人生に向きあう」日刊ゲンダイ二〇〇七年一月十二～十七日／「『林住期』の体調をどう維持するか」日刊ゲンダイ二〇〇六年八月十五～十九日／「間違いだらけの呼吸法」日刊ゲンダイ二〇〇六年十月十九～十一月一日／「死は前よりはきたらず」日刊ゲンダイ二〇〇六年十一月二十八～十二月二日／「人生五十年説をふり返る」週刊現代二〇〇七年二月三日号／「『林住期』の退屈を楽しむ」週刊現代二〇〇六年十一月四日号／「五十歳から学ぶという選択」週刊現代二〇〇六年十二月十六日号／「心と体を支える『気づき』」毎日が発見二〇〇六年十二月号／「韓国からインドへの長い旅」オール讀物二〇〇六年九月号

五木寛之（いつきひろゆき）

1932（昭和７）年９月福岡県に生まれる。生後まもなく朝鮮にわたり47年引揚げ。ＰＲ誌編集者、作詞家、ルポライターなどを経て、66年「さらばモスクワ愚連隊」で第６回小説現代新人賞、67年「蒼ざめた馬を見よ」で第56回直木賞、76年「青春の門」筑豊編ほかで第10回吉川英治文学賞を受賞。代表作に『朱鷺の墓』『戒厳令の夜』『蓮如』「生きるヒント」シリーズ、『大河の一滴』『他力』『元気』『日本人のこころ』（全６巻）。翻訳にチェーホフ『犬を連れた貴婦人』、リチャード・バック『かもめのジョナサン』、ブルック・ニューマン『リトルターン』などがある。第一エッセイ集『風に吹かれて』は刊行39年を経て、現在総部数約460万部に達するロングセラーとなっている。ニューヨークで発売された、英文版『TARIKI』は大きな反響を呼び、2001年度「BOOK OF THE YEAR」（スピリチュアル部門）に選ばれた。小説のほか、音楽、美術、歴史、仏教など多岐にわたる文明批評的活動が注目され、02年度第50回菊池寛賞を受賞。04年には第38回仏教伝道文化賞を受賞。現在直木賞、泉鏡花文学賞、吉川英治文学賞その他多くの選考委員をつとめる。「百寺巡礼」「21世紀仏教への旅」などのシリーズも注目を集めた。

GENTOSHA

林住期

平成十九年二月二十二日　第一刷発行
平成十九年五月　十五　日　第七刷発行

著者　五木寛之
発行者　見城徹
発行所　株式会社幻冬舎
〒151-0051 東京都渋谷区千駄ヶ谷4-9-7
電話：03(5411)6211(編集)
03(5411)6222(営業)
振替：00120-8-767643
印刷所　中央精版印刷株式会社
製本所　中央精版印刷株式会社
検印廃止　AD・三村淳　装画・五木玲子

Printed in Japan ISBN978-4-344-01286-8 C0095